となりの火星人

工藤純子

講談社

となりの火星人

目次

装画・挿絵　ヒロミチイト
装幀　坂川栄治＋鳴田小夜子（坂川事務所）

1．火星の大接近《だいせっきん》

午前7時35分。

つけっぱなしのテレビから、ニュースが流れてきた。

今年の夏、地球と火星が大接近するという。火星の直径は、地球の半分くらいで小さいため、遠いときは表面の様子がよく見えない。しかし、地球と大接近する今年は、望遠鏡でも観察できるらしい。

ニュースを見ながら、お父さんがいった。

「ちょうど父さんが生まれた年に、アポロ十一号が月面着陸したんだ。そのうち、火星にも人間が降《お》り立《た》つ日がくるのかなぁ」

するとお母さんが、眉《まゆ》をひそめる。

「アポロなんて、古臭《ふるくさ》い。だいたい、火星に降りたって、何もないでしょう?」

「古臭いなんて、身もふたもないことをいうなよ。二人で、ハワイのマウナケアまで星空を見

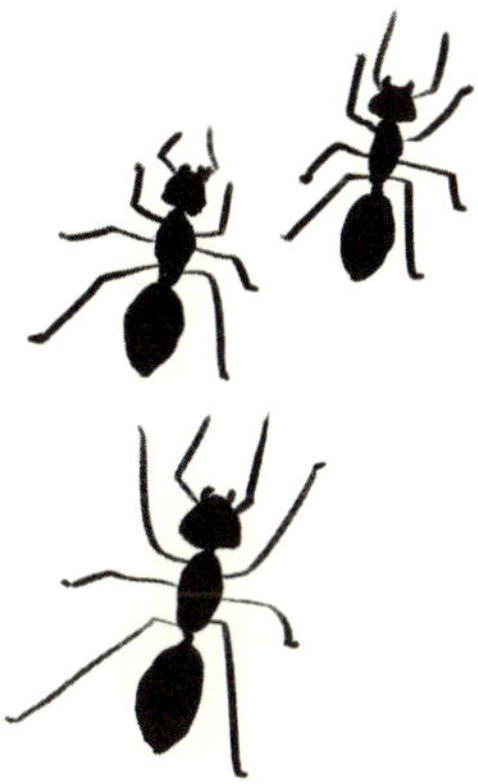

に行ったこと、忘《わす》れたのか？」

「マウナケア？」

かえでが、お父さんを見る。

「ああ。富士山《ふじさん》より高い山だぞ。夜空が星で埋《う》め尽《つ》くされて、父さんと母さん、感動したんだ。そこには日本の国立天文台もあって、すばる望遠鏡っていうのが、またすごくて……」

「はいはい、そこまで。遅刻《ちこく》します」

お母さんがぴしゃりといって、空いたお皿を次々に持っていく。

「……あのときは、いっしょに夢中《むちゅう》になったのになぁ」

お父さんがぼそっといって、かえでは急いでヨーグルトを食べた。

テレビでは、まだ火星のニュースが続いていた。

火星って、どんな星なんだろう。よく聞くのに、ぜんぜん知らない。

「テレビなんて見てないで、早くしなさいっ」

テレビが、バチッと切られる。

午前7時48分。

かえでは「ごちそうさま」といって、台所の流しに洗《あら》い物《もの》を持っていき、洗面所《せんめんじょ》で歯を磨《みが》いた。

お父さんとお母さんは会社へ、かえでは小学校へ行く。

ゆっくりと靴《くつ》を履《は》きながら、玄関《げんかん》に置いてある時計の秒針《びょうしん》を目で追った。一年生のときから、特別なことがない限《かぎ》り、同じ時刻《じこく》に登校している。
5、4、3、2……。
午前8時。

かえでは「いってきます」といって、家を出た。


ゆるゆるとした春の風が、青葉の香《かお》りといっしょに、窓《まど》からそろりと入ってくる。

六年一組の教室で、一時間目がはじまった。

かえでは窓の外を見ながら、ぼーっと別のことを考えていた。

今でも、はっきりと覚えている景色がある。

あれは、かえでが保育園《ほいくえん》の年長クラスのころ。先生に連れられて、近くの公園まで遠足に行った。

広い原っぱでみんなが鬼《おに》ごっこをしているのに、かえでだけしゃがみこんで、ありんこを見ていた。

汗《あせ》をだらだらかきながら、ありんこの黒い列を追う。手足に泥《どろ》がつくのもかまわずに、どこまで行くのだろうと追い続け、ついに巣を発見した。そして木の棒《ぼう》を持ってきて、ごりごりと地面を削《けず》ると、今度はどこまで巣があるのか気になって、逃《に》げ惑《まど》うありんこに目もくれず掘《ほ》り続《つづ》けた。

するとでいきなりぐっと腕《うで》をつかまれた。リカ先生が、強い力でかえでを引《ひ》っ張《ぱ》る。

「ほら、かえでちゃんも、みんなと鬼《おに》ごっこしよう」

かえでは「いやっ」といって、その手を振《ふ》り払《はら》った。

「どうして？　友だちと遊んだほうが楽しいよ」

リカ先生はしつこく誘《さそ》ってきたけれど、かえではどうしてみんなと遊ばなくちゃいけないのか、わからなかった。

ゲームには、ルールがある。

タッチされたら、鬼にならなくちゃいけない。

でも、かえでは鬼になりたくなかった。

それなのに、ルールを守らないと怒《おこ》られる。

そんなのイヤ。わたしは、わたしのやりたいようにやる。

かえではそう思った。それなのに……。

「そんなことをいってたら、かえでちゃん、今にひとりぼっちになっちゃうよ」

リカ先生は、まるで呪《のろ》いの言葉を吐《は》き出《だ》すように脅《おど》した。

ひとりぼっち……。

ひとりぼっちになったら、どうなるんだろう。

かえでには、わからなかった。

そのとき、一人の男の子がやってきた。コロコロした体型で、ほおもふっくらしてて、笑うと目がきゅっと細くなる。

「かえでちゃん、ぼくもここにいていい？」

倉沢《くらさわ》湊《みなと》だ。

近所に住んでいて、お母さん同士も仲がいい。意地悪しても、無視《むし》しても、いつもへらへらと笑っている男の子。

「いいよ」

どうだ、参ったかと、得意顔でリカ先生を見上げた。

わたしは、ひとりぼっちなんかじゃない。

先生はため息をつくと、行ってしまった。

湊は背中《せなか》を向けながら、棒《ぼう》で地面を掘《ほ》りだした。

「どうして、こっちに来たの？　鬼《おに》ごっこ、嫌《きら》いなの？」

別に興味《きょうみ》はなかったけれど、かえでも地面を掘《ほ》りながら聞いた。

でも、湊は答えない。地面に棒《ぼう》をぐっぐっと差《さ》し込《こ》んで、ありんこの巣をつついている。

「えへへ」と笑って振《ふ》り向《む》いた湊は、どろんこのついた手《て》の甲《こう》で、ぐいっと鼻水をぬぐった。


どうして、保育園《ほいくえん》のときのことなんて思い出したんだろう……。

そうか。今日の空が、あの遠足の日に似《に》ているからかもしれない。晴れているのに、ぼんやりと膜《まく》がかかったような空。それがスクリーンになって、かえでの記憶《きおく》を映《うつ》し出《だ》している。

今は、道徳《どうとく》の時間なのに。

安永《やすなが》先生が、短い物語を読み上げる。

——ドッジボールの苦手なある男の子が、クラスの子たちに隠《かく》れて、こっそりと放課後練習をしていました。それを見たあなたは、彼《かれ》になんと声をかけますか?

そんな内容《ないよう》の話だった。

「センセー、それって、誰《だれ》のことですかぁ?」

「沢田《さわだ》のことだろ!」

「ちげーよ、オレ、そんな暗いことしねーもん」

わいわいと、盛《も》り上《あ》がる。安永先生は、「これは架空《かくう》のお話です!」と叫《さけ》んでいた。

かえではその輪に入っていけなくて、また窓《まど》の外に目を向けた。

ついこの間まで枯れ木《かき》だったはずなのに、いつの間にか青い葉がふさふさと茂《しげ》っている。卵《たまご》のような丸いつぼみをつけたあれは、なんの木だろう。

道徳《どうとく》の時間は苦手だ。

はっきりとした答えがないから。

その点、算数はいい。解《と》き方《かた》はいろいろあるかもしれないけれど、答えはひとつしかない。

その、きっぱりとした感じがいい。

国語だって、悪くない。漢字はどんなに画数が多くて複雑《ふくざつ》でも、縦《たて》、横、斜《なな》めの線の組み合わせからできている。長文読解《ちょうぶんどっかい》だって、文章のどこかに必ず答えが隠《かく》れているから、それを探《さが》すだけ。

言葉そのものも嫌《きら》いじゃない。テレビや大人の会話で見聞きしたことを応用《おうよう》するのは、小さいころから得意だった。

一番厄介《やっかい》なのは、人間の感情《かんじょう》だ。

表情と心の中が違《ちが》う。

いってることと、やってることが違う。

親切そうに見せかけて、ウソをつく。

かえでにとって、これ以上難解《なんかい》なことはなかった。

それなのに、どうしてみんなは、それらをやり過《す》ごせるのだろう。

不思議でたまらなかったけれど、感情《かんじょう》の表と裏《うら》を見分けることは、人として生まれ持った能力《のうりょく》のひとつであるらしいということが、最近わかった。

じゃあ、どうしてわたしには、わからないのか……。

考えても、答えは出なかった。

ただ、かえでの言動に対して誰《だれ》かが困《こま》った顔をするとき、相手と自分の間にできる大きな溝《みぞ》を感じた。

安永先生の質問《しつもん》に、次々と手があがる。

「いっしょに練習しようっていいます」

「がんばってって、声をかけます」

「教えてあげるっていいまーす」

そんな意見が出て、どんどん黒板に書かれていった。

そうなの？　と、かえでは思う。

わたしだったら……。

「水野《みずの》さん、どうですか？」

手もあげてないのに、名前を呼《よ》ばれてびっくりした。安永先生がかえでを見て、みんなも振《ふ》り返《かえ》る。

何度つばをのんでも、声は出なかった。

「どんな答えでも、いいんですよ」

安永先生の、やわらかいけれど、イラッとした声。

どんな答えでもかまわないという言葉に背中《せなか》を押《お》され、勇気を奮《ふる》い起《お》こす。

かえでは、重い体で立ち上がった。時間をかけて椅子《いす》を引きずり、ゆっくりと机《つくえ》の下に入れる。

「わたしは……何もいいません。その子は、誰《だれ》にも気づいてほしくないと思うから」

一瞬《いっしゅん》、教室の空気が、しんと静まり返った。

「そう……。そうかもしれませんね。そういう考え方もあると思います」

安永先生はうなずいたけれど、かえでがいった答えを黒板には書かなかった。

「なぁに、ダメなの?」

「オレも、そうするけどなぁ」

「道徳的《どうとくてき》に、ダメってことなんじゃねぇの?」

なんて声もちらちらと聞こえたけれど、もうほかの子が発言をはじめている。

かえでは「ごめんなさい……」と小さな声でつぶやいて、椅子《いす》を引き出し座《すわ》った。

わたしの答えは、間違《まちが》ってたんだ……。

かえでは、ショックを隠《かく》せなかった。ふつうに答えたかっただけなのに。

道徳《どうとく》は難《むずか》しい。正しい答えがわからないから。

どんな答えでもいいなんていう言葉は、もう信じないと思った。

二時間目が終わった後の二十分休み、外に遊びに行く子も大勢《おおぜい》いるけれど、かえではたいてい自分の席で本を読んでいる。

騒《さわ》がしい教室でも、かえでのまわりは深い森のように静かだ。はじめのころは、ひとりぼっちのかえでを気にして声をかけてくる子もいたけれど、かえでのことがわかるにつれて、それもなくなっていった。今では空気のように溶《と》け込《こ》んで、当たり前のように、かえでは一人でそこにいる。

でも、ときどき、その静けさが打《う》ち破《やぶ》られることがある。

「かえでちゃーん！　ね、ね、今日のニュース見た？　火星が接近《せっきん》するんだって！」

隣《となり》のクラスから、湊が駆《か》け込《こ》んできた。いつものことだから、クラスの子たちも気にしない。湊は、まるで自分のクラスのように振《ふ》る舞《ま》っていた。

湊は、保育園《ほいくえん》のころから変わらない。表情《ひょうじょう》と心の中が違《ちが》うなんていうこともないからわかりやすい。みんなが湊みたいだったらいいのにと、かえでは思う。

かえでは本を閉《と》じて、「見たよ」と答えた。

「火星ってどんなだろう？　火の玉みたいに燃《も》えてるのかなぁ？　近づいたら、熱くない？　爆発《ばくはつ》したら……」

湊はちゃんとニュースの内容《ないよう》も見たのだろうかと、かえではいぶかしんだ。

「今日ね、算数のテストだったんだけど、ぼく、分数がちっともわからなくて……」

「どうしてかえでちゃんって、頭がいいの？　ぼく、習ってもすぐに忘《わす》れちゃうんだよねぇ」

湊の話は、あっちこっち飛ぶ。保育園のころは、どちらかというと無口だったのに。

ううん、無口というのとも違って、いいたいことはあるけれど、どう言葉にしていいかわからないという感じだった。

湊が急にぺらぺらとしゃべりはじめたのは、二年生くらいになってからだ。それまでしゃべれなかった分を取《と》り戻《もど》すような勢《いきお》いだった。

でも、だからといって、湊自身が変わったわけじゃない。優《やさ》しくて気のいい湊であることは変わらなかった。

「ねぇ、かえでちゃん、覚えてる？　保育園のブランコを、かえでちゃんが独《ひと》り占《じ》めしたとき……」

すぐに忘《わす》れるなんていいながら、湊は変なことを覚えている。

「覚えてるよ……。歌が終わったのに、交代しないって、みんなが怒《おこ》ったやつでしょ」

今思うと、あんな小さいころから、ルールはいくつも存在《そんざい》した。人が集まり社会ができると、ルールは自然に生まれる。

奇妙《きみょう》な歌を歌って、歌い終わったら交代しなくちゃいけないっていうルール。

でも、かえではどうしてそれに従《したが》わなくちゃいけないのかわからなかった。

「おまけのおまけの、汽車ポッポ。ポーッと鳴ったらかわりましょ、ポッポー」

その歌の後、大きな声で、「かーわって！」という。

それでも代わらないで無視《むし》していたら、みんなにブランコから引きずりおろされて、ひじをすりむいて、ケンカになった。腕《うで》を振《ふ》り回《まわ》したら、ぶつかって、誰《だれ》かが泣き出して、先生にしかられて、お母さんにいいつけられて……そこからは、思い出したくもない。

かえでにとっては、二度と聞きたくない歌なのに、湊は完璧《かんぺき》に覚えていた。

いつも交代できなかったかえでは、みんなから仲間外れにされた。

先生の呪《のろ》いの言葉は、現実《げんじつ》のものとなった。

その思い出は、はがしそこねたシールのように、かえでの心にいつまでもこびりついている。

そのときも、湊だけはそばにいてくれた。

ふだんブランコに近づけなくなったかえでは、みんなが帰った後やお休みの日に、保育園《ほいくえん》や公園のブランコにのった。

かえでが一心にブランコをこぐ姿《すがた》を、湊はずっと見ていた。

「かえでちゃんは、ブランコが好きだったよね。今でも好き？ 今度、いっしょに公園に行く？」

湊にとって、時間の進み方はゆっくりだ。

みんなの体が大きくなり、男女の違《ちが》いを意識《いしき》するようになって、理由もなくイライラしはじめても、湊だけはのんびりとマイペースだ。

そのとき、教室の一角で、わっと笑い声が起きた。

「和樹《かずき》、オケツがやぶれてるぜ」

「ほんとだ。やっべー。かっこわり～」

眉《まゆ》を寄《よ》せた和樹が、体をひねってズボンの後ろをのぞきこんだ。たちまち、顔が真っ赤になる。

「いいだろ、うっせーな」

和樹は突《つ》き放《はな》そうとしたけれど、周りはますますはやしたてた。

「おまえの母ちゃん、気づかなかったのかよ。ひでぇな」

「目が悪いんじゃねぇの？」

「なんだとっ」

いきなり、和樹の声がとがった。

近くにある教卓《きょうたく》を、思い切り蹴《け》り上《あ》げる。ボコッとにぶい音がして、側面が大きくへこんだ。

「ぎええええ！」

近くにいた女の子がすさまじい悲鳴をあげて、廊下《ろうか》に飛び出していった。

教室が、騒然《そうぜん》となる。

「和樹がキレた！」

その言葉を合図に、みんながわっと遠のいていく。それはいつもの光景で、和樹はぐっと唇《くちびる》をかみしめた。

「ふざけんなっ」

ガンガンと教卓を蹴り続け、飛《と》び込《こ》んできた安永先生に羽交《はが》い絞《じ》めにされた。

「やめなさい！」といわれても、和樹は暴《あば》れ続《つづ》ける。クラスの中でも体の大きい和樹は、安永先生の細い腕《うで》を簡単《かんたん》に振《ふ》り払《はら》った。

「いったい、どうしたっていうの!」

安永先生の、きんきんした声が教室に響《ひび》く。

騒《さわ》ぎを聞きつけた男の先生が数人やってきて、和樹はたちまち取《と》り押《お》さえられた。そして、とりつかれたように興奮《こうふん》し続《つづ》ける和樹を、先生たちはどこかに連れていってしまった。

「あいつ、どうしちゃったの?」

「マジ、わかんねぇ。どうしてこうなるわけ?」

ズボンをからかった男子たちが、教卓《きょうたく》を指さした。教卓の一部は大きくへこんでて、ところどころぼこぼこになっている。

「まさか、ズボンの穴《あな》くらいで、ここまでやるか?」

「違《ちが》うだろ……。ほかに、理由があるんじゃね?」

男子たちが、互《たが》いを探《さぐ》るように顔を見合わせた。

「まぁ、いつものことじゃん。和樹、すぐにキレるし」

「だよなぁ。危険人物《きけんじんぶつ》だもんな」

自分たちのせいじゃないと結論《けつろん》づけて、教室を出ていった。

和樹は、ほぼ毎日先生にしかられている。キレやすいというのは、クラスのみんながわかっていることだった。

「和樹、どうしたんだろ」

離《はな》れた席で、一部始終を見ていたかえでは、ぽつりとつぶやいた。

今のは、和樹がいけない。そう思っても、どこか割《わ》りきれないような後味の悪さが残る。

「和樹くん、悔《くや》しかったんだなぁ」

湊がいって、かえでは驚《おどろ》いた。

「そうなの？　どうしてわかるの？」

「え？」

湊が「どうしてだろ？」と首をかしげる。

「なんとなく。もしぼくだったら、きっと悔しいだろうなと思って」

もし、ぼくだったら……。

湊はすごいな。

相手の立場になって考えなさいといわれることがあるけれど、かえでにはそんなことはできないと思う。だって、かえではほかの人にはなれないのだから。

ただ、和樹を見ていると、悲しくなる。

ふだんはおちゃらけて明るい和樹なのに、ふとした拍子《ひょうし》に突然暴《とつぜんあば》れ出《だ》す。すると、巻《ま》き込《こ》まれたくないとでもいうように、和樹の周りから、さーっと人がいなくなる。

そんなとき、和樹は怒《おこ》っているというより、悲しそうだった。

きっと和樹は、自分のことが嫌《きら》いなんじゃないかな……と、それだけはわかった。

わたしも同じだから。

「からかってた子たちだって、悪いと思うんだ。ぼく、先生にいってみようかなぁ」

「やめときなよ」

「どうして?」

湊が、首をかしげる。

「どうしても」

和樹は、いつも何かを壊《こわ》したり、怒鳴《どな》ったり、授業《じゅぎょう》を妨害《ぼうがい》したりする。あまりにも回数が多すぎて、もはや理由なんてどうでもよくなっている気がする。

それに、きっと……。

先生は、湊のいうことなんて、まともに聞いてくれないだろう。

「人のクラスのことに、口なんて出さないほうがいいよ」

「え~、どうしてぇ?」

湊が、不満そうにいう。そのあどけなさが、もどかしかった。

「だって、誰《だれ》もよけいなことをいわないでしょ……。空気、読まなくちゃ」

「空気を読むって？」

「その場にいる人の考えを想像《そうぞう》して、一番ふさわしい言動をすることだよ」

理論的《りろんてき》な説明がないと理解《りかい》できないかえでが、たどりついた答えがこれだった。

「かえでちゃんのいうこと、よくわかんない。難《むずか》しすぎ」

湊が、しゅんとした。湊は空気を読めるんだから、理屈《りくつ》で知る必要なんてない。

みんな、表面ではにこにこしているのに、陰《かげ》では「水野さんって、変だよね」とか「おかしい」といっているのを知っている。どうして、直接《ちょくせつ》いってくれないんだろう。どこが変で、どこがおかしいのか、いってくれればなおせるのに。

かえでに比《くら》べて、湊はみんなから好かれている。勉強ができなくたって、自然と人を集めてしまう湊は、すごい才能《さいのう》の持ち主だ。

「ねぇ、火星って、地球にぶつかったりしないかなぁ？」

また、話が飛んだ。

「火星は接近《せっきん》するだけで、ぶつかったりしないよ」

どんなに接近しても、数千万キロメートルも離《はな》れているのだから。

「本当？　地球が滅亡《めつぼう》したら、怖《こわ》いなぁ」

湊の中では、怖い想像《そうぞう》がどんどんふくらんでいるようだ。

チャイムが鳴る。

「あーあ、終わっちゃったぁ。かえでちゃんと同じクラスだったらいいのに」

湊が、「じゃあね」と手をふった。いったん背中《せなか》を向けてから、「あ」と立ち止まる。

「ぼく、かえでちゃんがいっしょなら、地球が滅亡《めつぼう》してもいいや」

ドキッとして、周りを見る。誰《だれ》かに聞かれたら、からかいの餌食《えじき》になるっていうのに。でも、湊はぜんぜん気にしない。

「だってぼく、かえでちゃんが好きだもん」

肩《かた》から力が抜《ぬ》けて、へなっと座《すわ》り込《こ》みそうになった。

もしかしたら湊は、わかっているのかもしれない。かえでが学校で、ずっと緊張《きんちょう》していることを。おかしな言動をしないように、ずっと気を配っていることを。

「バイバイ」

湊が走り去っていく。教室のドアから、ドタドタと左右に揺《ゆ》れる体を見送った。

いつも湊は、一番うれしい言葉で、かえでの心を包んでくれる。

ゆるみそうになる気持ちをひきしめて、かえでは自分の席にもどった。

2. オレの中の化けもの

今日も、またしかられた。

安永《やすなが》先生は「どうして？」と繰《く》り返《かえ》し、和樹《かずき》はじっと黙《だま》り込《こ》んだ。まわりにいたやつらからも話は聞いたようだけど、それくらいであんなことをするなんて、と納得《なっとく》いかないようだった。


にらみあいが続いた後、和樹は三時間目の途中《とちゅう》で教室に帰された。

それで終わりかと思っていたのに、四時間目が終わったとき、「給食を持って、真鍋《まなべ》先生のところに行きなさい」と安永先生にいわれた。

真鍋先生というのは、スクールカウンセラーのことだ。和樹は、全身でため息をついた。

安永先生は自分の手に負えないとなると、すぐに真鍋先生に助けを求める。今年やってきたばかりだというのに、すでに和樹は何度もお世話になっていた。

仕方なくいわれたとおり、給食のトレーを持って、相談室に向かった。

だいたい、「相談室」っていうネーミングが悪いよな。別に、相談したいことなんてないし。それに、棚《たな》の上に置いてあるぬいぐるみとか、ここは保育園《ほいくえん》かっつーの。まぁ、入学したての一年生も来やすいように、という配慮《はいりょ》だろうけれど……。

真鍋先生は机《つくえ》で書き物をしていて、顔もあげずに「ああ、そこに座《すわ》ってて」と、手だけで指示《しじ》をした。

見ると、四人掛《が》けのテーブルに、すでに給食のトレーがひとつのっていた。きっと真鍋先生の分だろうと思い、和樹は一番離《はな》れた場所に自分のトレーを置いて、相談室の中をぶらぶらした。

壁《かべ》には、掲示物《けいじぶつ》がぺたぺたと貼《は》られてある。

その中に、「火星が地球に大接近《だいせっきん》！」と書かれた記事を見つけた。

火星は「マーズ」と呼《よ》ばれていて、ローマ神話の神「マルス」から名付けられた。その赤い惑星《わくせい》から、戦火と血を連想して、戦いの神といわれていたと書かれている。

戦いの神か……。

さぞかし熱くて、燃《も》えるような、猛々《たけだけ》しい星なのだろうと想像《そうぞう》した。

ところが読み進めていくうちに、火星は違《ちが》う顔を見せはじめた。

火星が赤く見えるのは、地表に酸化鉄《さんかてつ》が大量に含《ふく》まれているためだという。つまり、赤さびだ。しかも、石ころだらけの砂漠《さばく》だっていうのに、平均《へいきん》気温はマイナス55度、季節によってはマイナス130度とめちゃくちゃ低い。

おい、誰《だれ》だよ、火の星なんて名前をつけたのは。これじゃあ、戦いの神も形無しだ。

なんだかだまされたようなしらけた気分になって、和樹は椅子《いす》に座《すわ》った。

給食を見下ろして、ついてないな、と思う。

今日は、和樹の好物のトンカツだ。それに、春雨《はるさめ》サラダ、麦ごはん、味噌汁《みそしる》。カツのいい匂《にお》いがして、口の中につばがたまる。和樹のお腹《なか》が、きゅるると鳴った。

必死で何かを書いている、真鍋先生の机《つくえ》は汚《きたな》い。書類がうずたかく積まれているし、本棚《ほんだな》があるのに本は出しっぱなし。引き出しも、ちょっとずつ開いている。

「あ〜、終わったぁ」

先生は立ち上がると、こぶしで肩《かた》をたたいた。

「悪い悪い。今日はどうしても、この時間しか空いてなくて。こう見えて、けっこう忙《いそが》しいんだよ」

聞いてもいないのに、真鍋先生は言《い》い訳《わけ》をした。

「うわ、おいしそうだね。いただきまーす」

向かいの席に座ると、先生は勝手に食べはじめた。

まずは説教からだろうと身構《みがま》えていた和樹は、拍子抜《ひょうしぬ》けした。いや、これは先生の作戦かもしれない。

お笑いコンビが、警察《けいさつ》の取り調べをコントでやっていた。犯人《はんにん》を自白させるために、まずはカツ丼《どん》を食わせる。そうやって親切なふりをして、油断《ゆだん》させ、謝《あやま》らせて、反省させる。きっと真鍋先生も、その作戦なのだ。それで先生の役目は終わり、めでたしめでたし、ってわけだ。そんな手に引っかかるもんか。だいたい、先生と向かい合って食べる給食が、うまいわけないじゃないか。

和樹は意地になって、給食に手をつけなかった。

「ん？　どうしたの？　トンカツ、嫌《きら》い？」

好きだよ。大好きだよ！　と、心の中で叫《さけ》んだ。

「じゃあ、先生がもらっちゃおうっかなぁ」

真鍋先生がはしを伸《の》ばしてきて、思わず「あ！」と腰《こし》を浮《う》かせた。

「んふふ～、冗談《じょうだん》」

はしを引《ひ》っ込《こ》めて、にっこりと笑う。

……くそ！　これだから、この先生は苦手なんだ。

和樹は、トレーを自分のほうに引きよせてから、そっぽを向いた。

「ねぇ、何か困《こま》ったことはない？」

真鍋先生の問いかけに、和樹は「別に」とぶっきらぼうにいった。

「そっか。よかった、よかった！」

何が、よかった、だよ。

先生は、いつも必ず「何か困ったことはない？」と聞く。そして、「ない」と答えると、「それなら、よかった」と、無罪放免《むざいほうめん》。

前にいたスクールカウンセラーは、理由やら動機やら、とにかくねちねちと聞いてきた。そして、周りがどれだけ困っているか聞かされる。そんなことはわかっていると、和樹はいつも心の中で叫《さけ》んでいた。

ところが真鍋先生は、「困ったことない？」と聞くだけ。

面倒《めんどう》だから？　オレのことなんて相手にしてられない？　それって、職務怠慢《しょくむたいまん》じゃないか？

「あのさぁ、困ってるのは、オレじゃなくて、先生たちのほうだろう？　安永先生も親も……オレのせいで困っているのはわかってるよ」

開き直って、ハッと思い出した。

「そういえば、困ってること、ひとつだけあった。あの教卓《きょうたく》、まさか弁償《べんしょう》しろなんていわないよな?」

和樹は、恐《おそ》る恐《おそ》る聞いた。

「ああ、あれね」

真鍋先生は、トンカツを食べながら、涼《すず》しい顔で答える。

「教卓《きょうたく》、ぼこぼこにしたんだって? あれ、高いんだよ~。弁償《べんしょう》しろっていわれるかもねぇ」

「え、マジっ!?」

思わず、血の気が引いた。

「当たり前じゃなーい。転んでぶつかったならまだしも、蹴《け》ったんだから」

ごくっとつばをのんで、事態《じたい》の重さを痛感《つうかん》した。教卓って、いくらするんだろう。母ちゃんが知ったら……。

「でも、偉《えら》い。困《こま》ってること、いえたじゃない」

「へ?」

今、ほめられるところか?

「あなたは、困った子なんかじゃない。困っている子だよ。だからわたしは、何か手助けできることはないか聞いてるの」

困っている……?

オレが？

そんなふうに考えたことはなかったから、胸《むね》がぎゅっと締《し》めつけられた。

いつだってオレは問題児で、困《こま》ったやつで、みんなから疎《うと》んじられてきた。

でも、本当は……。

「……困ってる」

和樹は、ぼそっといった。

「ズボンがやぶれてることをからかわれて、顔が熱くなって、そしたら頭の中が真っ白になって……。気がついたら、教卓《きょうたく》を蹴《け》っていた。やったのはオレだけど、やりたくてやったわけじゃない」

いっても無駄《むだ》だろうと思いながら、必死で思いつくことを吐《は》き出《だ》した。

あのときの気持ちを、どう表現《ひょうげん》すればいいだろう。瞬間的《しゅんかんてき》に、怒《いか》りがパンッと破裂《はれつ》する感じ。頭で考えるより早く、体が勝手に動いていた。

「それから？」

真鍋先生が、和樹の目をのぞきこむ。

先生は三十代だと聞いたことがあるけれど、自分の年を絶対《ぜったい》に明かさない。結婚《けっこん》しているかどうかも不明だ。

つるんとした黒目は、何もかもお見通しって感じで、つい目をふせたくなる。

「みんなが、オレから離《はな》れていって……。なんか、見捨《みす》てられたような気がして……。そしたら、もっと頭にきて……」

「それで、また教卓《きょうたく》を蹴《け》っちゃったってわけ？」

和樹はうなずいた。

「なるほど。かなりわかってきた」

「そんなのがわかったって、なんの意味もないじゃないか！」

吐《は》き捨《す》てる和樹に、真鍋先生は首をふった。

「とんでもない。見た目と中身って、案外違《ちが》うものなんだよ。人から見たら、乱暴《らんぼう》だったりいい加減《かげん》だったりに見えても、本人はそんなつもりはないかもしれない。原因《げんいん》をつきとめなくちゃ、いつまでもよくならないもの」

見た目と中身が違うって……火星のように？

和樹は、ぼんやりと考えた。

「誰《だれ》でも、困《こま》っていることってあるのよ。わたしはね、片《かた》づけるのが苦手で、小さいころからずっと困ってる。整理ができないから、いつも机《つくえ》はあんな感じ」

なんだ、わかってるのかよ。和樹は、汚《きたな》い机をちらっと見た。だったら、片づければいいじゃないかと思うけど……。

「片《かた》づけたいと思うんだけど、どこから手をつけていいのか、わからないんだ」

真鍋先生は、和樹の思いを見透《みす》かしたようにいう。

「ほかの人にはできることができないって、つらいよね」

先生は、はぁっとため息をついた。

ほかの人にできることが、できない……。先生なのに？

真鍋先生は、いうこともやることも、まるで先生っぽくない。だいたい、去年までスクールカウンセラーのいる日は水曜日だけと決まっていた。それなのに、真鍋先生になってから、相談室が開いている日が多くなった。

「なぁ、どうして先生は、しょっちゅういるの？」

「いちゃ悪い？」

「そういうわけじゃ……ないけど」

和樹は、目をうろうろさせた。すると、真鍋先生は口を突《つ》き出《だ》して反論《はんろん》しはじめた。

「週に一日しか相談室が開いてないなんて、意味ある？　相談したい子は、すぐにでも話を聞いてほしいはず。それなのに、週に一日しか開いてなかったら、その子は何日も地獄《じごく》を見なくちゃいけないかもしれないじゃない」

何日も、地獄《じごく》……？　ぞくりとした。

「相談は予約制《よやくせい》なんていう決まりも、わたしがやめたの。できるだけ早く話を聞いてあげたいもん」

感情的《かんじょうてき》になって、興奮《こうふん》している。

「先生って……子どもみたいだな」

いや、本当は、子どもの気持ちがわかるんだなといいたかった。ふつうの大人だったら、そんなことはいわないと思う。

真鍋先生にまっすぐ見つめられると、すべてを吐《は》き出《だ》してしまいそうで怖《こわ》かった。

「ちなみに先生、ソースが垂《た》れてるよ」

情《なさ》けないけど、話をそらしてごまかすしかなかった。

和樹の視線《しせん》を追って、先生が自分の洋服を見下ろす。

「うわ！　今日初めて着たブラウスなのにぃ！」

先生は、あわててティッシュでそこをふいたけれど、白い生地《きじ》に茶色い跡《あと》が残った。深いため息をつく。

「こんな、おっちょこちょいな性格《せいかく》も、年をとったってそう変わるものじゃない。でも、自覚があれば、ある程度防《ていどふせ》ぐこともできるんだから」

そういいながら、カバンの中からしみ取り用のウエットティッシュを取り出して、しみの部分をたたいた。まだうっすらと茶色いけれど、さっきよりもずいぶんマシだ。

「オレの場合は、ぜんぜん違《ちが》う」

洗《あら》えばとれる、洋服のしみと同じにされちゃたまらない。

教卓《きょうたく》のこと……母ちゃんに、なんていわれるだろう。

今度こそあきれて、見捨《みす》てられるかもしれない。

そんな思いが頭の中をぐるぐると駆《か》けめぐり、今までに起こしたほかの事件《じけん》まで思い出した。

ふざけてかけられたプロレス技《わざ》に、マジ切れしてつかみかかったことがある。

書道で墨汁《ぼくじゅう》が跳《は》ねたときは、謝《あやま》ろうとしたのに相手が怒《おこ》り出《だ》したから、ついカッとなってあたりが墨汁まみれになった。

蹴飛《けと》ばした椅子《いす》が女子にぶつかって、泣かれたこともある。

そのたびに、授業《じゅぎょう》は中断《ちゅうだん》するし、「またかよ」っていう視線《しせん》にさらされた。

オレは、ダメな人間だ……。

ときどき、自分が嫌《いや》になり、自暴自棄《じぼうじき》になる。

そんなとき、オレの中にいる化けものが喜んで、大暴《おおあば》れしはじめる。それはとてつもなく凶暴《きょうぼう》で、部屋の壁《かべ》に穴《あな》をあけたこともあった。そのうち、とりかえしのつかないことをしてしまうんじゃないかという恐怖《きょうふ》に襲《おそ》われる。

今も、そいつは成長し続けて、いつかオレの体をのっとり、支配《しはい》しようとたくらんでいるにちがいない。そう思うと、自分が自分でなくなるような、不安でたまらない気持ちになった。

「そうだね。あなたの場合とわたしの場合は違う。みんな、それぞれ違うんだよねぇ。あ、ちょっと待ってて」

先生は、ノートと鉛筆《えんぴつ》を持ってきて、給食のトレーを脇《わき》に押《お》しやった。牛乳瓶《ぎゅうにゅうびん》がぐらっと揺《ゆ》れて、ひやりとするけれど、先生はまったく気にしない。

広げたノートには、汚《きたな》い字で意味不明な文字や記号が、あちこちに書かれている。たぶん、それを見ても先生にしか理解《りかい》できないだろう。

そんな雑然《ざつぜん》としたノートに、真鍋先生は鉛筆を走らせた。

「一見マイナスに思えることも、見方を変えれば、まったく違うように考えることもできるんだよ。例えば……」

先生が、「だらしない」「おおらか」という文字を書く。

「わたしは子どものころ、しかられてばかりいたの。片《かた》づけられないし、忘《わす》れものも多くて、ノートも汚くてね……。自分ではちゃんとしたいと思うのにできなくて、だらしないっていわれるのが、つらかったなぁ」

「だらしない」という文字を、鉛筆《えんぴつ》でぐるぐると囲む。

「でも、そんなとき、一人の先生がいってくれたの。きっちりしている人は、他人に緊張《きんちょう》を与《あた》えてしまうけれど、あなたはおおらかで、人を安心させられる人よって」

そして、「おおらか」という文字に矢印を書き、トンッと鉛筆でさす。

同じ行為《こうい》が、「だらしない」とも、「おおらか」ともとれるなんて……。

「そのひと言が、魔法《まほう》のようにわたしを救ってくれた。自分はダメな人間なんかじゃないんだって思えたの。あなたもそうじゃない？　そんなことで悩《なや》んでない？」

じっと見つめられて、ドキッとする。

「悪いところばかりに注目してたら、本当にそんな人間になってしまう。それって、すごく怖《こわ》いことだよ」

理屈《りくつ》は、わかる。

言葉は魔法だ。

オレも……みんなから乱暴《らんぼう》ものだといわれるたびに、暗示《あんじ》にかけられたように心が荒《あ》れる。

自分は乱暴ものかもしれない……乱暴ものなのだと、打ちのめされる。いじけて、やけになって。

「あなたにも、いいところはたくさんある。必ずある。それをいっしょに見つけようよ」

困《こま》った子じゃなくて、困っている子……。そういう意味か。

それは、わかった。でも……。

「オレには、いいところなんてないよ」

いじけたように、ふてくされる。

「そんなことない！」

真鍋先生が身を乗り出して、また倒《たお》れそうになった牛乳瓶《ぎゅうにゅうびん》を、和樹はあわててつかんだ。

先生が、すとんと座《すわ》り込《こ》む。

「先生のあの言葉がなかったら、わたし、学校に行かなくなってたかもしれない。ほんのひと言が、人生を助けてくれることもある。わたしもそんな先生になれたらと思ったのに……」

「あ〜あ」っていいながら、机《つくえ》に突《つ》っ伏《ぷ》した。

おいおい、子どもの前で落ち込むなよ。ホント、この先生って……。

「オレだって……魔法《まほう》の言葉、聞きたいよ」

ぼそっというと、真鍋先生は「でしょ!?」と顔を上げた。復活《ふっかつ》が早い。

「あなたがどれほどつらかったか、お母さんから聞いてるよ」

「母ちゃんから？」

初耳だった。何か事件《じけん》を起こすたびに、学校に呼《よ》び出《だ》されているのは知っているけれど、真鍋先生と話したことがあるなんて聞いてない。

「あの子は、本当は素直《すなお》で優《やさ》しいんだって、いってたよ。落ち着きがなくて、衝動的《しょうどうてき》なところもあるけれど、それは生まれつきのものだから、あの子のせいじゃないんですって」

オレの……せいじゃない？

それ、違《ちが》うだろ。オレがやったんだから、オレのせいだろ。

涙《なみだ》が、ぼろぼろとこぼれて、トンカツの上に落ちた。すっかり冷めたトンカツは、油がしみて、べちゃっとなっている。

「わたしは、自分のためにスクールカウンセラーをしているんだと思うの。誰《だれ》かの悪いところじゃなく、いいところを見つけることができる人になりたくて」

いい大人が、子どもの前で、そんなに開けっぴろげになるなよといいたくなる。

でも、そんな人になりたいという、真鍋先生の気持ちがわかる気がした。

オレだって、なりたいよ。そんな人に。

「オレにも、あるのかな。いいところ……」

小さな、希望のようなものが芽生えた。

「当たり前じゃない。お母さんもいってたでしょう？　あなたは素直で優しいって」

母ちゃん……。

喉《のど》がぐぅっと鳴って、つまっていた言葉があふれだした。

「ズボンがやぶれていたことより……母ちゃんをバカにされたことが、悔《くや》しかった。オレのせいで、母ちゃんを悪くいわれるのが、嫌《いや》だった……」

涙《なみだ》といっしょに、自分でも気づかなかった思いがこぼれでる。

「そうだったのか。うん、やっぱりあなたは優《やさ》しいよ」

真鍋先生の手が、和樹の頭にぽんっとのった。

「あなたは乱暴《らんぼう》ものなんかじゃない。優しくて、正義感《せいぎかん》が強いのよ。でも、暴力はいけない。それじゃあ何も解決《かいけつ》しないって、あなたにもわかっているはずでしょう？」

和樹は、素直《すなお》にうなずいた。

「わかるけど、オレの中には化けものがいて、勝手に暴《あば》れ出《だ》すんだ」

これも、言《い》い訳《わけ》だろうか。

「化けもの……か」

先生は繰《く》り返《かえ》した。

「ねぇ、人間の体は完璧《かんぺき》にコントロールできるって思う？」

「え……。うーん」

MONSTER

首をかしげる。完璧《かんぺき》にっていわれると、自信がない。

「例えばいびきとか、貧乏《びんぼう》ゆすりって、無意識《むいしき》にやるでしょう？　人は、体も心もコントロールしているようで、実際《じっさい》はできないところもあるのよ」

いびきや、貧乏ゆすり……。

たしかに、無意識にしている。

オレもたまに、貧乏ゆすりを母ちゃんに注意されるなぁと思い出した。人にいわれて初めて気づくけれど、それまではぜんぜん意識していない。

「オレの場合も、それといっしょ？　治らないの？」

だとしたら、絶望的《ぜつぼうてき》だ。

「治るとか、治らないとか、そういう問題じゃないの。化けものは、あなたの一部なんだから」

「じゃあ、やっぱりダメじゃん！」

投げやりな気持ちになって、牛乳《ぎゅうにゅう》を飲《の》み干《ほ》した。空腹《くうふく》の胃が、一気にふくらむ。

「そう、難《むずか》しい。だから、いっしょに考えていこう」

いっしょに……。

なんだか気の長そうな話だし、無理なんじゃないかって気もする。でも、今まで一人で悩《なや》んでいたことを、いっしょに考えてくれる人がいるって思うだけで心強かった。

先生は時計を見ると、「わ、大変！　次の予定があったっけ」といって、あわててトレーを持って立ち上がった。「牛乳《ぎゅうにゅう》、牛乳！」と、最後のひと口をぐいっと飲《の》み込《こ》み、背中《せなか》を向ける。

「あ、あのっ、その……」

和樹が呼《よ》び止《と》めると、先生は振《ふ》り向《む》きざまに、にやっと笑った。

「教卓《きょうたく》の件《けん》は、わたしのほうから、うまくいっておいてあげるから。また、いつでもいらっしゃい」

真鍋先生は、あわただしく出ていった。

残された和樹は、給食を見下ろした。

すっかり食欲《しょくよく》はなくなっているし、時計を見ると、食べる時間もなかった。

まぁ、いっか……。

いろんな話を聞いて、なんだかお腹《なか》もいっぱいだった。

給食室にトレーを持っていったところで、予鈴《よれい》が鳴った。

廊下《ろうか》には、もう誰《だれ》もいない。

六年一組の教室に向かいながら、足が重かった。

真鍋先生はああいったけれど、すぐに解決《かいけつ》できないことは明らかだ。だったら、オレがいないほうが、やっぱりクラスも平和なんじゃないか？

きっとみんなも、そう思っているはず。

六年一組の教室が見えてきたけれど、引き返してしまいたかった。

そのとき、廊下《ろうか》の窓《まど》から、春の嵐《あらし》みたいな強い風が、ぼわっと吹《ふ》き込《こ》んできて目をつぶる。

まぶたを開いた向こう側に、誰《だれ》かが立っていた。

あれは、えっと……岩瀬美咲《いわせみさき》だ。顔をこわばらせて、緊張《きんちょう》しているように見える。

「ねぇ……わたしのせい？」

「え？　何が？」

まさか、誰かが自分のことを待っているなんて思わなかったから、声をかけられて驚《おどろ》いた。

「わたしがあのとき、大きな声で叫《さけ》んじゃったから、騒《さわ》ぎが大きくなって……」

そういわれて、思い当たった。

最初に教卓《きょうたく》を蹴《け》ったとき、奇妙《きみょう》な悲鳴をあげたのは……こいつだったのか。

「違《ちが》うよ。オレが悪いんだから」

謝《あやま》られるようなことじゃない。美咲は息をついて、表情《ひょうじょう》をやわらげた。とたんに、おしゃべりになる。

「あのとき、びっくりしてさ。頭の中が真っ白になっちゃったんだよね。後から落ち着いて考えたら、あんなに大きな声を出すようなことじゃなかったなって、思ったんだけど」

頭の中が真っ白になったって？　それって……オレといっしょじゃん。

「わたしのせいで、よけいにしかられたんじゃないかなって、気になったんだ」

あまり話したことはないけれど、いつも数人の女子を従《したが》えて、強気な女王様気取りのやつっていう印象だった。

そんなやつでも、頭が真っ白になったり、オレのことが気になったりするのか。

真鍋先生が、いってたとおりだな。

先生のいうとおり、みんなそれぞれ、弱さとか苦手とか、何かしら持っているのかもしれない。

意外で、うれしくて、「おまえもかぁ」って口にしていた。

「え？」

「いや、岩瀬みたいなやつでも、頭の中が真っ白になることがあるんだなと思って。オレなんて、そんなのしょっちゅうだから……」

「わたしだって！」

和樹の言葉をさえぎって、美咲が強い口調でいった。

「自分だけが大変だなんて、思わないでよ。わたしだって、突然《とつぜん》涙《なみだ》が止まらなくなることもあるし、道の真ん中で叫《さけ》び続《つづ》けちゃったこともあるし……だから」

顔を赤くして、押《お》し黙《だま》る。

恥《は》ずかしさと悔《くや》しさが入《い》り混《ま》じったような美咲の顔を見ていたら、何か言葉をかけてやりたくなった。

「岩瀬って、火星に似《に》てるな」

「火星？」

美咲が、きょとんと顔をあげる。

「火星って、赤くて火の星って書くくせに、すげぇ寒いんだって。見た目と中身が違《ちが》うって、だまされた感じじゃね？」

和樹がいうと、美咲の顔がやわらいで「何それ」と笑った。

「なぁ、頭が真っ白になったとき、どうすんの？」

興味《きょうみ》がわいた。

美咲は、首をかしげて考《かんが》え込《こ》んだ。

「……そうなったときは、今日みたいにトイレに駆《か》け込《こ》むかな。それで、落ち着くまで待つの」

なるほど……。それが、岩瀬美咲のやり方か。

オレも、見つけなくちゃなぁ。

教室のドアをガラッと開けて、一歩、踏《ふ》み込《こ》む。

いっせいに集まった視線《しせん》を跳《は》ね返《かえ》し、席に向かう。

一人だと思っていた。オレだけが苦しいんだと思っていた。

でも、それは違《ちが》うのかもしれない。


「ただいまぁ」

マンションの玄関《げんかん》を開けたとたん。

ガラガラッ、カンカーーンッ。

すごい音と、「きゃあ！」という悲鳴が聞こえた。

「母ちゃん！」

靴《くつ》をはねとばすように脱《ぬ》いで台所に行くと、両手をあげて固まっている母ちゃんの前に、弁《べん》当箱《とうばこ》やボウルが散乱《さんらん》していた。

「やっちゃったぁ！」

「……大丈夫《だいじょうぶ》？」

「大丈夫なわけないじゃない、も～！」

だいたい、物が多すぎるんだ。流しの上の戸棚《とだな》は、そっと開けないと、いろんなものが降《ふ》ってくる。よく、毎回けがをせずにすむもんだと感心する。

「どうして、そんなに買うんだよ。狭《せま》いのに……」

うちは、母ちゃんと父ちゃんとオレの三人家族なのに、弁当箱《べんとうばこ》だけで六個《こ》もある。

「なにいってんの！　安いときに買って、節約しようとしてるんじゃない！」

母ちゃんは、イライラしながら不満げにいう。

「オレがいってるのは、そんなにいらないだろってこと。そんなでかい弁当箱、誰《だれ》も使わないじゃん」

「わかってないねぇ」

弁当箱を拾いながら、母ちゃんはため息をついた。

「これは、和樹が中学生になったら使うお弁当箱。こっちは、高校生になったら使うの」

「まさか！　そんなの、でかすぎ……」

「甘《あま》い！」

オレの反論《はんろん》に耳を貸《か》そうともせず、母ちゃんは少しうれしそうに弁当箱を見つめた。

「男の子は、すっごく食べるんだよ。ここに、ごはんをぎゅうぎゅう詰《つ》めこんだって、足りないだろうねぇ」

そういって、オレの顔くらいありそうな弁当箱《べんとうばこ》を、優《やさ》しい顔でなでている。

ウソみたいだけど……本当？

「でも、そんな先の話……」

「ううん。母ちゃんは、あんたの成長が楽しみなんだ。だから、弁当箱を選ぶのも楽しくてさ。つい、買っちゃうんだよね」

母ちゃん……。

「あのさ……。今日、電話、なかった？」

本当は、口にしたくない話題だった。先に母ちゃんにいわれたら、「うっせー！」って突《つ》っぱねて、部屋に逃《に》げ込《こ》んだかもしれない。

それなのに、あんな顔を見せられたら……。

「ああ、あったよ。安永先生から」

母ちゃんは片《かた》づけながら、なんでもないことのようにいう。

「でも、それはあいつらが……」

和樹は、先制攻撃《せんせいこうげき》をするように、言《い》い訳《わけ》をしてつっかかろうとした。

「ズボンのこと、気づかなくて悪かったね。和樹、母ちゃんのことをかばってくれたんだって？」

「べ、べつに！」

真鍋先生め、よけいなことを……。

「教卓《きょうたく》のことも、ちゃんと謝《あやま》っておいたから。弁償《べんしょう》するっていったんだけど、まだ使えるからいいっていわれてさ。あんたはへこみを見るたびに、やっちゃったことを思い出すだろうけどね。まぁ、それは仕方ないよ」

豪快《ごうかい》に、ガッハッハと笑う。

うっ……。

いつも……いつも、いつも、いつも！

母ちゃんは、オレのために頭を下げてきた。

謝って、謝って、何度も何度も謝って……陰《かげ》で泣いて。

その姿《すがた》を見るたびに、心の中で「ごめん」といった。

でも、実際《じっさい》には口に出せなくて。

いつからだろう……。オレが何かしでかしても、母ちゃんが怒《おこ》らなくなったのは。

毎日学校でしかられても、母ちゃんだけはしからなかった。豪快に、笑い飛ばす。そのおかげで、学校に行くのがイヤだと思わずにすんだのかもしれない。

「母ちゃん……。オレ本当に、あんなことするつもりはなかったんだ。オレの中に、化けものがいて……」

「はぁ？　化けもの？」

うつむいて、声が小さくなる。

きっと、信じてくれないだろう。でも……。

母ちゃんが、目をぱちくりする。

大きな鍋《なべ》が、ぐつぐつ音をたてて、蛍光灯《けいこうとう》がちかちかと瞬《またた》いた。

「なるほどねぇ。母ちゃんには、よくわからないけどさ」

そっと、和樹の頭に手を伸《の》ばす。

「でも、和樹が、本当は優《やさ》しい子なんだってことは、よく知っている。赤ちゃんのころから見てるんだ。一年生のころなんて、毎日道草して、『母ちゃんにあげる』って、花をつんできてくれたろう？」

そんなこと、あったっけ……。

和樹が顔をあげると、母ちゃんの頭が見えた。いつの間にか、背《せ》を追《お》い抜《ぬ》いている。

「和樹は怒《おこ》りっぽいし、ケンカもするけどね、相手に大けがをさせたことなんてないだろう？

だからといって、物にあたっていいってもんじゃない。でもね……」

母ちゃんはにっこり笑って、目じりにしわを作った。

「あんたは、自分でも気づかないうちに、相手のことを思いやっている。どんなにキレても、ちゃんと自分を抑《おさ》えている。それって、すごいことじゃないか」

なんだよ、それ……。

もっと、しかってくれればいいのに。もっと、責《せ》めてくれたほうが気が楽だ。

あんたなんか、うちの子じゃない、出ていけって……。そしたらオレは、喜んで出ていく。行くあてはないけれど。

「化けものが、いようがいまいが、和樹は和樹だ。『自分はみんなと違《ちが》う』なんて思ったらダメだよ。それは、自分と他人とを差別することになる。あんたは、差別するような人間になりたいかい？」

ハッとして、ぶんぶんと首をふった。

人から変な目で見られることはあっても、自分が差別する側になるなんて、思ったこともない。

「だろう？」

母ちゃんは、ほっとしたような顔をして、和樹を見た。

「和樹は、優《やさ》しい子なんだ。体も強くなってるけど、心も強くなっているはず。もっと、自分を信じなくちゃ」

そういってオレの体に手を回すと、ぎゅうっと抱《だ》きしめようとした。

「うわ、やめろっ」

和樹はあわてて逃《に》げ出《だ》すと、部屋に向かった。

母ちゃんが、信じてくれている……。その思いが、大きく、あたたかく、和樹を包みこむ。

「今日は、母ちゃんの特製《とくせい》カレー、トンカツ付きだよ！」

カレーの匂《にお》いと母ちゃんの声が、背中《せなか》を追いかけてくる。

トンカツを食べそこねたことも、知ってたのか。

給食を食べなかったことを思い出したら、とたんにお腹《なか》がぎゅるぎゅる鳴りはじめた。

「母ちゃん特製って……。まさか、またピーマン入れたんじゃないだろーなぁ！」

「あたり！　栄養満点！」

う……。

ピーマンを煮込《にこ》んだら、うまくないっていってるのに……。

ったく！

三日間、どしゃぶりの雨が続き、みんなうんざりしていた。

外で遊ぶこともできず、じめじめした教室でくすぶってなくちゃいけない。誰《だれ》もかれもが、そのエネルギーを持《も》て余《あま》していた。

休み時間、次の授業《じゅぎょう》の用意をしようと、和樹はノートと教科書を取り出した。すると、ふざけながら机《つくえ》と机の間をぬうように走ってきたやつが、パッとはじくように和樹のノートを落としていった。

チッと舌打《したう》ちをして、ノートを拾おうとかがみこむ。ノートに手がかかったところで、追いかけてきたやつのうわばきが、バンッとノートを踏《ふ》みつけた。

眉《まゆ》を寄《よ》せて見上げると、この間ズボンのことをからかったやつの一人だった。

「あ、わりぃ」

ひょいっと足をあげたけれど、うわばきの跡《あと》がくっきりとついていた。

腹《はら》の底から、怒《いか》りが突《つ》き上《あ》げる。

熱い血が、どくんっと体中を駆《か》けめぐった。

眠《ねむ》っていた化けものが目を覚まし、ぐあっと牙《きば》をむく。

「おまえっ」

勢《いきお》いよく立ち上がると、椅子《いす》がガタッと音をたてて倒《たお》れた。

教室が、しんとなる。

その静けさにハッとして、一瞬《いっしゅん》自分を取《と》り戻《もど》す。岩瀬美咲のおびえた顔が、視界《しかい》に入った。

今にもパニックを起こして、叫《さけ》びだしそうになっている口を、必死で押《お》さえている。

――化けものは、あなたの一部なんだから。

真鍋先生の言葉を思い出した。

そうか。

今まで、なんとか化けものを追い出そう、逃《のが》れようとばかり考えていた。

しかしそれは、間違《まちが》いだったのかもしれない。なぜなら、化けものはオレの一部で、生まれつきのものだから。

だったら、受け入れてしまえばいい。

そう思ったとたん、ウソのように体から力が抜《ぬ》けた。

つかみかかろうとした手を握《にぎ》りしめ、ゆっくりと深呼吸《しんこきゅう》をする。

首をもたげていた化けものが、苦しげに暴《あば》れ出《だ》す。

息を吐《は》き出《だ》すごとに、化けものの力が弱まっていった。

「な、なんだよ」

びくびくしながら身構《みがま》えるやつのことも、眉《まゆ》をひそめるみんなのことも、頭から追い出した。

1、2、3、4、5……。

頭の中で数えるたびに、心が静かになっていく。

6、7、8、9……10。

うごめいていた化けものの勢《いきお》いが衰《おとろ》え、ふたたび眠《ねむ》りについていった。

ノートを拾って、パンッと手ではらったけれど、うわばきの跡《あと》は消えなかった。

「……いいよ」

そういって椅子《いす》を戻《もど》して座《すわ》ると、教室にざわめきが戻った。そして何事もなかったように、休み時間の教室に戻る。

正直、和樹の中では、まだ怒《いか》りがくすぶっていた。もっと、ちゃんと謝《あやま》れよ、という思いは残っている。

でも……。

それは和樹が思っているのであって、化けものじゃない。

「……やるじゃん」

振《ふ》り向《む》くと、岩瀬美咲が笑《え》みを浮《う》かべて通《とお》り過《す》ぎていった。

やるじゃん、か。

誰《だれ》かが、見てくれている。
それだけで、うれしかった。

3. 叫《さけ》びたい

暑い日と寒い日が、交互《こうご》にやってきた。

昼と夜で、10度以上も温度差がある。そして今日は、鋭《するど》い日差しにさらされたアスファルトから、こげるような匂《にお》いまでした。

あまりの暑さに、ふだんは昼休みになると外に出る岩瀬《いわせ》美咲《みさき》たちのグループも、教室でおしゃべりをしていた。

「でさぁ、ゆみったら、いっつも貸《か》したマンガを返さないんだよねぇ」

ゆみがいないのをいいことに、美咲が愚痴《ぐち》を切り出した。

「あ、わたしもやられたことある！　この間消しゴムを貸したら、返ってこないの」

「悪気がないところが、困《こま》るよねぇ」

「いや、それ、まずいでしょ。今度、ガツンといってやろうよ」

自分が出した話題で盛《も》り上《あ》がると、ぞくぞくする。その場にいた五人全員がうなずいて、

「さんせーい！」なんて笑い合った。

そのすぐ横で、水野《みずの》かえでが本を読んでいた。宇宙《うちゅう》や星の写真が載《の》っている、小難《こむずか》しそうな本。授業中《じゅぎょうちゅう》もさんざん勉強しているのに、休み時間まで本を読んでいるなんて、美咲には理解《りかい》できない。

美咲は、かえでとしゃべったことがなかった。誰《だれ》かがそばにいないと不安な美咲にとって、いつも一人でいるかえでは、変わり者にしか見えない。本当はおしゃべりに参加したいのに、声をかける勇気のない、かわいそうな子なんじゃないかと思った。

「ねぇ、水野さんは、ゆみに何か貸《か》したことない？」

そんなつもりはなかったのに、声をかけていた。

かわいそうと思ったから？

邪魔《じゃま》したかったから？

それとも……。

「……ううん、ない」

かえでは驚《おどろ》いたように顔をあげて、首をふった。

やっぱりね、という意地悪な気持ちが頭をもたげる。

美咲は、自分にはたくさん友だちがいて、かえではひとりぼっちなのだということを確認《かくにん》したかっただけだ。

「そっかぁ、それはラッキーだね。それ、なんの本？　宇宙《うちゅう》？」

美咲は、ぴょんっと机《つくえ》から飛《と》び降《お》りて、かえでに近づいて聞いた。

「水野さんって、頭よさそうだよね。塾《じゅく》、通ってる？」

かえでが「うん」とうなずくと、「頭よさそうじゃなくて、水野さん、頭いいんだよ〜」と、誰《だれ》かがいった。

「そうなんだ。どこの塾？」

美咲は、かえでに興味《きょうみ》がわいた。勉強がお友だちの子は、どんな塾に通っているんだろう。

かえでは二、三度、目を瞬《またた》いて、

「隣《となり》の駅の……栄友《えいゆう》ゼミ」

と答えた。

「うそ！　わたしも今日から、そこに通うんだよ！」

美咲は、パッと目を見開いた。

「え〜、どうして育習研《いくしゅうけん》にしなかったの？」

ほかの子に聞かれて、美咲は照れながら答えた。

「実は、入塾テストに落ちちゃってさぁ」

育習研は、地元の駅前にある進学塾《しんがくじゅく》で、同じ学校の子もたくさん通っている。

「そうなんだぁ……」

「塾に入るのにテストをするなんて、ナニサマって感じだね」

「そんな塾、行かなくて正解《せいかい》だよ！」

みんなが、あわてていう。

なんか嫌《いや》な感じ……、と美咲は思った。

進学塾は、二月にスタートするらしい。だから、六年生の今頃《いまごろ》から入る子なんて、あまりいない。そのせいで、入塾テストも落ちてしまったんだろうと思っていた。

それなのに、あんなふうにいわれたら気分が悪い。

「水野さんも、育習研、落ちたんでしょう？」

美咲は、親しみをこめてかえでにいった。

でも、かえでは首をふった。

「わたしは、育習研の入塾テストは受けてないよ。最初から、栄友ゼミに行こうと思ってたから」

美咲はムッとした。ウソでも、話を合わせてくれればいいのにと思う。なんだか、恥《はじ》をかかされた気分だった。

いや、ここは我慢《がまん》だ。そんなことを顔に出したら、もっと恥《は》ずかしい。それに、いつも誰《だれ》かといっしょの美咲にとって、塾《じゅく》に同じクラスの子がいるのは貴重《きちょう》だ。たとえ、かえででも、いないよりはずっとマシ。

しかも頭がいいのなら、利用価値《りようかち》大って感じ。

「わたし、藤ヶ谷中《ふじがやちゅう》に行きたいんだ。あそこの制服《せいふく》、かわいいんだもん」

気を取り直した美咲は、えへへっと笑った。

グループの子たちが「あの制服、かわいいよねぇ」「わたしも行きたいけど、無理だなぁ」なんていいながら、美咲の肩《かた》をつついている。

そんな中、かえでが冷静にいった。

「育習研の入塾テストに落ちたなら、藤ヶ谷中は無理だよ」

みんなが動きを止めて、かえでを見た。美咲の笑顔《えがお》も固まる。

「で、でも、これから勉強すれば大丈夫《だいじょうぶ》でしょう？」

「そうだよ。そのために塾に行くんだから」

フォローされればされるほど、美咲は傷《きず》ついた。それでもかえでは、首をかしげる。

「でも、あそこの偏差値《へんさち》は高いから、今からやっても、そこまで上げるのは難《むずか》しいよ。それより、見高中《みたかちゅう》とか三葉付属《みつばふぞくちゅう》中のほうが可能性《かのうせい》はあると思う」

美咲は、かえでをにらんだ。

かえでからは、意地悪をしようなんていう表情《ひょうじょう》は見てとれない。それどころか、いっしょうけんめいアドバイスしようと、親身になっている感じさえする。それが、よけいに美咲をいらだたせた。

「美咲ちゃん、気にしないほうがいいよ」

「水野さんって、変わってるから」

ほかの子たちが、そんなふうに美咲に耳打ちする。ひそひそ話をする美咲たちを見て、かえでの顔が青ざめていった。

ようやく気づいたのかと思うと、いい気味だった。こんなだから、ひとりぼっちなのかと美咲は納得《なっとく》した。

そこへ、ゆみがやってきた。

「みんな、こんなところにいたんだぁ！　わたし、図書委員の仕事で呼《よ》ばれて最悪ぅ」

とぼけた声が、張《は》り詰《つ》めた空気をゆるめる。ゆみの出現《しゅつげん》に誰《だれ》もがほっとして、美咲も笑顔《えがお》になりかけた。

顔をこわばらせていた、かえでの表情もやわらぐ。

「わ、水野さんがこの中にいるなんて、珍《めずら》しい〜！」

ゆみがにこにこしていうと、かえではうれしそうにほおを染《そ》めた。そして、さも親切そうに、とんでもないことを口にした。

「ゆみちゃん、借りたものは返さないと。みんな、怒《おこ》ってたよ」

「……え？」

ゆみが、目をぱちくりさせる。美咲やほかの子たちの顔がひきつった。

「ねぇ、そうでしょう？」

かえでが、美咲たちを見回して、同意を得ようとする。もちろん、誰《だれ》も反応《はんのう》しない。

「さっき、みんなそういってたよね？」

かえでの口調からは、ばらしてやったとか、そんな意識《いしき》はみじんも感じられない。みんなが怒っていることに、気がついていないゆみがかわいそうだから、という悪魔《あくま》のような親切心。

かえでの満足そうな顔に、美咲はぞわっと鳥肌《とりはだ》が立った。

今まで、こんな子は見たことがない。自分とは違《ちが》う何か……。理解不可能《りかいふかのう》な宇宙人《うちゅうじん》のように見えた。

ゆみの顔が、くしゃっとゆがんだ。

「水野さん、ひどい……」

泣きそうになっている。当たり前だ。

「わたしがいったんじゃないよ。みんなが……」

かえでがあわてている。どうしてゆみが泣いているのか、わからないというように。

「だからって、みんなの前でいうことないじゃない！」

ゆみから、本音が飛び出した。

ゆみも陰《かげ》で悪口をいわれていることに、うすうす気づいてたんだ……。

美咲の心が、すっと冷めた。

そんなもんだよね。

みんな、陰でいろいろいったり、いわれたり。わかっているけれど、暗黙《あんもく》の了解《りょうかい》で知らないふりをしているだけ。そうでなくちゃ、やっていられない。

どうやらかえでは、そんなこともわからないようだ。

「え、でも……」

かえでから、すがるように見つめられて、美咲は目をそらした。

みんなが、ゆみを守るように、かえでを取り囲む。

「わたしたち、そんなふうにいってないでしょう？」

「水野さんって、おかしいんじゃないの？」

次々に、言葉をあびせた。

手のひらを返したようにゆみをかばうみんなを、美咲はしらっとした思いで見ていた。だから、といって、これ以上かえでの好きにはさせられない。

みんなの怒《いか》りをかきわけるように、美咲は前に進み出た。おろおろするかえでを、ぎりっとにらむ。

「あんた、ほんっとに空気が読めないんだねっ」

かえでが、おびえたようにうつむく。

「なんとかいいなよ」

「言葉、通じてる？」

よってたかって、みんなが口々にいった。美咲は、ちらっとかえでの机《つくえ》の上の本を見た。

火星のページが開かれている。

「実は、水野さんって火星人だったりしてね」

とっさに出た言葉だったけれど、自分でもうまい例えだと思った。こんな意味不明な子は、火星人で十分だ。

「わたしが、火星人……？」

かえでも、本に目を落とした。

泣くかと思ったのに、そんな気配はない。泣けば許《ゆる》してあげたのに、と美咲は眉《まゆ》を寄《よ》せた。

「……火星は、岩と砂《すな》ばかりで、火星人はいないよ。火星の平均《へいきん》気温はマイナス55度。クレーターや火山、峡谷《きょうこく》などがあり、砂嵐《すなあらし》も起こる過酷《かこく》な環境《かんきょう》。そのため、今のところ生命体は発見されていないが、その研究は今も続けられ……」

本を読み上げるように、かえでが淡々《たんたん》といった。

美咲の体がぞわぞわして、また鳥肌《とりはだ》が立ちそうになる。

「そういうことをいってるんじゃないでしょ！」

美咲はバンッと机《つくえ》をたたいて、かえでの言葉をさえぎった。

「話にならない。行こっ」

うなだれるゆみの肩《かた》に手を置いて、美咲たちは離《はな》れていった。

「……ごめん、なさい……」

背中《せなか》で、かすかにかえでの声が聞こえたような気がした。

ごめんなさい？　何が？

理由もわからずいわれたようで、よけいに腹《はら》が立つ。

悪者にされた気分だ。

でも……火星人は、いいすぎただろうか。

もし、自分がそんなふうにいわれたら？　きっと落《お》ち込《こ》むだろう。

もう一度振《ふ》り返《かえ》ると、かえでは『宇宙《うちゅう》の星《ほし》たち』の本をじっと見つめていた。

まるで、火星に帰ろうと決心しているみたいに見える。

岩と砂《すな》ばかりで、誰《だれ》もいない、寂《さび》しい火星へ。


美咲が家に帰ると、玄関《げんかん》にぴかぴかの黒い靴《くつ》が置いてあった。お母さんのじゃない。

リビングから聞こえてくる高笑いを聞いて、美咲はとっさに息を殺した。

身を潜《ひそ》めて、そっと二階に上がろうとした美咲に、お母さんが声をかけてくる。

「美咲、帰ったの？　千恵子《ちえこ》おばさんが来ているわよ」

よそ行きの声だ。思わず、顔をしかめる。

リビングのドアを開けると、黙《だま》って二階に上がろうとしたことを見透《みす》かされたようで、お母さんにぐっとにらまれた。

「こんにちは」

美咲は、なんとか笑顔《えがお》を作って頭を下げた。

「美咲ちゃん、偉《えら》いわねぇ。栄友ゼミに通うことにしたんですって？　あそこはいいわよぉ。うちの奈津美《なつみ》も行ってたから」

奈津美ちゃんは優秀《ゆうしゅう》で、千恵子おばさんの自慢《じまん》の娘《むすめ》だ。

千恵子おばさんの顔を見ていたら、胸《むね》がきゅっと苦しくなった。また、あの発作《ほっさ》のような感覚。喉《のど》に何かつまったような感じがして、息苦しくなって、叫《さけ》びたくなる。

どうしよう。

呼吸《こきゅう》がだんだん浅くなっていった。

「そうだ、美咲ちゃんも聖花学園《せいかがくえん》を受けたら？　そしたら、奈津美の制服《せいふく》をあげられるし」

おばさんの真っ赤な唇《くちびる》が、悪い魔女《まじょ》みたいに、耳のほうまでニッと広がった。

冗談《じょうだん》じゃない。あんなダサい制服、まっぴらだ。美咲はあいまいに笑った。すると、間髪《かんはつ》をいれずにお母さんがいう。

「聖花学園なんて、美咲にはムリムリ！　奈津美ちゃんみたいに、頭がよくないものぉ」

酸素不足《さんそぶそく》で、くらくらする。

叫びたい……。

叫んだら、喉につまっているものがとれる。すっきりするような気がして、衝動《しょうどう》にかられた。

「やだ、そんなことないのよ。奈津美ったらねぇ……」

もう、美咲には興味《きょうみ》がないというように、おばさんとお母さんが話しはじめる。

叫びたい。

叫《さけ》びたい。

叫びたい。

我慢《がまん》できなくて、ぐっと息を止める。

「美咲、塾《じゅく》でしょ」

お母さんは、早く行きなさいというように素早《すばや》くいうと、またおしゃべりを続けた。

美咲は逃《に》げるように、リビングを出てドアを閉《し》めた。

ぷはっと息を吐《は》き出《だ》して、何度も深呼吸《しんこきゅう》する。

危《あぶ》なかった……。

あと数秒遅《おそ》かったら、千恵子おばさんの前で、叫んでいたかもしれない。

どうして、こんなふうになったんだろう……。

小さいころ、いつも不安だった。いつも何かにおびえていた。

買い物の途中《とちゅう》で、お母さんを見失ったとき。

着ぐるみを着た人に、頭をなでられたとき。

近くで、救急車のサイレンが鳴ったとき。

そんなとき、美咲は不安を吐き出すように、突然《とつぜん》泣き叫んだ。大人たちがどんなに手を尽《つ》くしても、ますます激《はげ》しく泣くばかりで、異様《いよう》なものを見るような目で見られたことを覚えている。


小学生になったら、すっかり落ち着いて、忘《わす》れていたはずなのに。

それは潜伏《せんぷく》していたウイルスのように、症状《しょうじょう》となってふたたび表れ、美咲を苦しめている。

きっかけは……。

五年生の終わりごろ、千恵子おばさんにそそのかされたお母さんが、急に受験すればというようになってからだ。

気がつけば、周りの子がたくさん受験すると知って……。

美咲も、制服《せいふく》がかわいい藤ヶ谷中ならと、しぶしぶＯＫした。

そして、入塾《にゅうじゅく》テストに落ちたあたりから、息苦しさがひどくなっていった。

中学受験なんて、落ちたら地元の中学に行けばいいだけの話。

そんなふうに軽く思っていたけれど、塾の費用が高額《こうがく》であることや、勉強のために多くの時間をとられてしまうことが、美咲の心に重くのしかかっていった。

美咲は、もう一度大きく深呼吸《しんこきゅう》をした。

そして、急いで塾の用意をした。


電車に乗って隣《となり》の駅で降《お》りると、すぐ目の前にある、ビルの薄暗《うすぐら》い階段《かいだん》を上がった。

一階の入り口には、有名中学に何人合格《ごうかく》したとか、合格率《ごうかくりつ》九十パーセントとか、べたべたと貼《は》ってある。

恐《おそ》る恐《おそ》る教室をのぞくと、かえでの姿《すがた》を見つけた。廊下側《ろうかがわ》の前から三番目に座《すわ》っている。

あんなことがなかったら、たとえ相手がかえででも、近くの席に座るのに……。

美咲は、苦々しい思いを飲みこんだ。

仕方なく、一番遠い、窓際《まどぎわ》の後ろの席に座った。

かえでが、ちらっとこっちを見たような気がしたけれど、すぐに前を向いた。

やっぱり、かわいくない。「火星人」といったことを、根に持っているんだろうか。

美咲の周りの席には、知らない子たちがいた。でも、大丈夫《だいじょうぶ》。美咲は、すぐに誰《だれ》とでも友だちになれる自信がある。それも、最初が肝心《かんじん》だ。

「わたし、岩瀬美咲っていうの。今日からなんだ。よろしく！」

そんなふうに笑いかけて、包み紙にくるまれたチョコレートを一粒《つぶ》ずつあげる。教室で飲食が禁止《きんし》されているのは知っているけれど、そういうルールをやぶって秘密《ひみつ》を共有してこそ、仲良くなれるというものだ。

思ったとおり、中には困《こま》った顔をして、チョコをそっとカバンに忍《しの》ばせた子もいたけれど、何人かは「ラッキー！」「ありがと」といって、ぽいっと口に入れた。

これでバッチリだ。

もう、わたしは一人じゃない。

しばらくして先生が入ってくると、すぐに作文の授業《じゅぎょう》がはじまった。

「前回のテーマのポイントは……」

先生の声が響《ひび》く。カリカリと鉛筆《えんぴつ》の音が聞こえた。

カリカリカリカリカリ……。

どうして、こんなに静かなんだろう。

学校とは、ぜんぜん違《ちが》う。

先生は冗談《じょうだん》をいわないし、女子のおしゃべりや、男子の悪ふざけもない。

空気が、重く沈《しず》んでいる。

「これはテキストにも載《の》っているが、書き方や文字数にも気をつけて」

作文にも、書き方があるんだ……。

好きなことを、書きたいように書くのが作文だと思っていた美咲にとって、それは驚《おどろ》きだった。

「作文はテクニックだ。ちゃんと構成《こうせい》されているか、自分の意見が入っているか、経験《けいけん》や体験したことが書かれているか。それによって点数が決まる」

そんなふうにいわれると、なんだか味気ない。

美咲はそう思うのに、誰《だれ》もそんな顔をしない。ひたすらノートに書きこんでいる。

「体験といっても、いじめのことなんかは書いちゃダメだぞ」

どうして？　と思ったけれど、聞ける雰囲気《ふんいき》じゃなかった。

休み時間をはさんで、ゆっくりする間もなく、国語の授業《じゅぎょう》がはじまる。

いきなり、先生のプレッシャー攻撃《こうげき》からはじまった。

「合格実績《ごうかくじっせき》を鑑《かんが》みると、日曜特訓は必要不可欠《ひつようふかけつ》だ。去年合格《ごうかく》した者は、全員申《もう》し込《こ》んでいたってことを覚えておけ」

ドキッとする。美咲は日曜特訓に申し込んでいない。週に四日も通うのに、そのうえ日曜も？

「夏休み合宿に参加しない者は、置いていかれるぞ」

夏休みは、夏期講習《かきこうしゅう》もあるのに……。冬休みは、大晦日《おおみそか》さえも講習があるという。いったい、いつ休めばいいの？

「サボったやつには、必ず報《むく》いがくる。それまで勉強した分が、すべて無駄《むだ》になるぞ！」

先生がひと言発するたびに、空気が薄《うす》くなっていく。

なんか、息苦しい……。

空気が足りない気がして、美咲は深く息を吸《す》おうとした。

目の前が、ゆらりと揺《ゆ》れる。

蛍光灯《けいこうとう》の光はほんのりと青白く、深い海の底にいるみたいだ。

いつの間にか、ホワイトボードに例題が書かれていた。

「この問題を……岩瀬美咲、答えなさい」

「んぐっ」と、おかしな声が出た。みんなが、いっせいに美咲を見る。

今のショックで、また喉《のど》につまった。

息が苦しい。

叫《さけ》びたい。

叫んで、つまったものを吐《は》き出《だ》さなくちゃ、窒息《ちっそく》する……。

「だいたい、こんな時期から受験勉強をはじめようだなんて、甘《あま》いんだ。人一倍努力しないと
……」

先生の言葉なんて、頭に入ってこない。陸に打ち上げられた魚のように、口をぱくぱくと開いた。

——苦しくなったときは、大きく深呼《しんこ》吸《きゅう》して……。

スクールカウンセラーの、真鍋《まなべ》先生の言葉を思い出す。

「困《こま》ったことない？」としつこく聞くから、呼吸困難《こきゅうこんなん》になることがあるっていってみた。

そしたら、そう教えられたのに。

はっ、はっ、は……。

苦しいんだから、深呼吸《しんこきゅう》なんてできるわけがない。真鍋先生の役立たず。

呼吸が、浅く、短くなっていく。

叫《さけ》びたい……。

もうダメだと、口を押《お》さえた、そのとき。

「先生」

手をあげたのは、かえでだった。

『「ら」という字の書き順が、間違《まちが》ってます」

「はぁ?」

先生が、眉《まゆ》をひそめてかえでを見た。

「何いってんだ。こうだろ?」

先生は、「ら」の文字を、下の部分を書いてから、上の点をつけた。

みんな、顔を見合わせて苦笑いをしている。さすがに、それは見過《みす》ごせないといった雰囲気《ふんいき》だ。

「こうだよな」

そういって、宙《ちゅう》に文字を書く子が何人もいた。もちろん、点を打ってから、そのまま下に続ける。

それを見た先生の顔が、耳まで赤くなった。

「文字なんて、あってればいいんだっ」

すかさず、かえでがまた手をあげた。

「あと、『鑑《かんが》みる』の前にくる助詞《じょし》は『に』なので、『合格実績《ごうかくじっせき》を鑑みると』という表現《ひょうげん》はおかしいです」

教室が、ざわざわと揺《ゆ》れる。赤かった先生の顔が、今度は青くなっていった。たしかこの先生は、塾《じゅく》の支部長《しぶちょう》だ。プライドが許《ゆる》さないのか、ペンを持つ手がぶるぶるとふるえている。

美咲は、息苦しさも忘《わす》れて呆気《あっけ》にとられた。

「そんなにわたしの授業《じゅぎょう》を受けたくないのなら、出ていけっ」

先生が恐《おそ》ろしい顔で怒鳴《どな》っているというのに、かえでは表情《ひょうじょう》を変えない。どうして怒《おこ》っているのか、わからないという顔だ。

そしていわれたとおり、席を立って廊下《ろうか》に出ようとした。

そのとき。

ジリリリリリリリリッ。

けたたましい警報音《けいほうおん》が鳴《な》り響《ひび》いた。

先生やみんなが、きょろきょろする。すぐさま放送が流れた。

「警報装置《けいほうそうち》が作動しました。火災《かさい》の恐《おそ》れがありますので、ただちにビルの外に避難《ひなん》してください」

「みんな、逃《に》げろっ」

そういうやいなや、先生が廊下《ろうか》に飛び出した。

驚《おどろ》いた美咲は、「きえぇぇぇー！」と、ひどい叫《さけ》び声《ごえ》をあげて、机《つくえ》の下にもぐりこんだ。ガタガタとふるえながら、ぎゅっと目をつぶり、叫び続けた。

やがて静かになった教室で、恐る恐る目を開いた。

誰《だれ》も、いない……。

ああ……やっちゃった。

体中から力が抜《ぬ》けた。いや、恐怖《きょうふ》で腰《こし》が抜けて、立ち上がることもできない。

逃《に》げ遅《おく》れた。火災といってたのに、机の下にもぐるなんて！

このまま、わたしは死んでしまうのだろうか。

こんなことなら、無理して塾《じゅく》になんて来るんじゃなかった。千恵子おばさんやお母さんのいうことが、なんだというんだ。

きな臭《くさ》さが、漂《ただよ》ってきた。

もやがかかったように、視界《しかい》がかすむ。

もう、終わりだ。

そう思ったとき、

「何をやってるの？」

上から、声が降《ふ》ってきた。天の声だ。幻《まぼろし》かと思って机《つくえ》の下から見上げると、かえでだった。

「どうして……」

「岩瀬さんの姿《すがた》が、見えなかったから」

それで、わざわざ戻《もど》ってきてくれたの？

「な、なによ、ここ。サイテー。こんな塾《じゅく》、もう二度と来たくない」

ふるえながら強がると、かえでは残念そうに、「そう……」とつぶやいた。

「ひ、引《ひ》っ張《ぱ》ってよ」

美咲が手を伸《の》ばすと、かえでは机の外に引っ張り上げてくれた。なんとか立てる。

逃《に》げようとしたけれど、足がふるえてうまく動かなかった。

「大丈夫《だいじょうぶ》？」

平気な顔をしている、かえでが憎《にく》たらしい。

「さっきの……」

にらみながら、美咲は唇《くちびる》をかんだ。

「わたしをかばってくれたつもり？」

「え？」

かえでは、きょとんとした。

「先生のあげ足とってたじゃない」

「あげ足……そんなつもりはないけれど。なんとなく、気になったから」

かえでは、自分でもよくわからないというように、首をかしげた。

それを見た美咲は、ぷっとふきだした。

「ほんと、水野さんって……」

「火星人みたい？」

かえでが、美咲を見る。

「火星人？」

美咲は、鼻で笑った。

「そんなこといったら、ここにいるみーんな、勉強ばっかりして変だよ。先生も、水野さんも
……わたしも変」

「岩瀬さんも？」

「……たぶんね。それに水野さんは、正直すぎるよ。あんなことを先生にいったら、自分が損《そん》をするだけでしょう？」

「そうなの？　先生がずっと間違《まちが》えたままだったら、かわいそう」

本気で心配するかえでを見て、美咲はあきれて苦笑《くしょう》した。

そして顔をあげると、「そういえば、火事は？」と、きょろきょろした。

同時に、ぶつっと放送が入る。

「先ほどの警報《けいほう》は、火災報知機《かさいほうちき》の誤作動《ごさどう》ということがわかりました。避難《ひなん》したかたは、速《すみ》やかに戻《もど》ってください」

かえでと美咲は、顔を見合わせた。

とたんに、さっきまで感じていたはずの、きな臭《くさ》さや煙《けむり》の気配がパッと消えた。思《おも》い込《こ》みって恐《おそ》ろしい。

美咲は顔をゆがめて、くくくっと笑った。

生きてる。わたしは生きのびたんだという感覚が、全身にみなぎっていく。

「あの先生、ひどいよね」

美咲が、かえでを見る。

「誰《だれ》より先に、逃《に》げたもんね」

かえでも、美咲を見た。

目と目が合って、美咲はかえでと気持ちが通じ合うのを感じた。相手がかえでであることが、何よりもうれしい。

しんとした空気がゆらいで、階段《かいだん》から上がってくる人たちの気配がする。

「わたし、帰る」

美咲は教科書を詰《つ》めこんで、リュックを背負《せお》った。

「でも、先生と会うよ」

「あの先生のことだから、きっとエレベーターで帰ってくると思う」

そういって美咲は、階段のほうに向かおうとした。

「そうだ」

振《ふ》り向《む》いて、かえでを見る。

「水野さん、うちのグループに入らない？」

「え……」

「ひとりぼっちじゃ、嫌《いや》でしょう？　入れてあげるよ」

美咲はいいながら、かえでの反応《はんのう》をうかがった。

「わたし、ひとりぼっちじゃないよ」

「そうなの？」

「友だち、いるの。二組の倉沢《くらさわ》 湊《みなと》」

「……そう」

美咲は、その答えに満足だった。

「やっぱり、あなたは火星人だね」

常識的《じょうしきてき》できゅうくつな、当たり前の地球人じゃない。

「でもわたし、火星人、嫌《きら》いじゃないよ」

美咲は、ひょいっと肩《かた》をすくめると、階段《かいだん》に向かった。

ざわざわと、みんなが教室に戻《もど》ってくる。エレベーターから降《お》りてきた先生は、「まったく、人騒《ひとさわ》がせな……」なんていいながら、教壇《きょうだん》に立った。

「いいか、みんな。こういうときこそ冷静に対処《たいしょ》して、受験を乗りきるんだ」

先生は、美咲がいないことにも気づかずに、授業《じゅぎょう》をはじめる。

ビルの外に出た美咲は、うーんと腕《うで》を伸《の》ばした。

空気が新鮮《しんせん》だ。

初日で習い事をやめるなんて、新記録だった。

お母さんに、なんていわれるだろう？　千恵子おばさんには？
ま、いいや。
生きているっていうことのほうが、ずっと大切なのだから。

4. 見えないかべ

「湊《みなと》ぉ、今日、空いてる？」

昼休み、倉沢《くらさわ》湊は、同じクラスのともくんに聞かれた。

「うん、空いてるよ」

「じゃあさ、学校終わったら、たからやに行こうよ。3時に待ち合わせ」

たからやっていうのは、商店街にある駄菓子屋《だがしや》さんだ。お菓子やおもちゃがごちゃごちゃたくさん置いてあって、本当に宝《たから》の山みたいな店。

「いいよ、わかった」

湊は、にこっと笑った。


「ともくん、遅《おそ》いなぁ……」

たからやをのぞいて、店の中にある柱時計を見る。もう3時を過《す》ぎていた。

店の中では、たからやのおばあさんが、メガネを額《ひたい》の上にあげて新聞を広げて読んでいる。

「また、忘《わす》れちゃったのかなぁ」

ともくんは、忘れっぽい。今日はあったかいからいいけれど、冬の寒い日にずっと待たされたときは、風邪《かぜ》をひいてしまった。それなのに、「え？　そんな約束したっけ？」なんていうんだ。

帰ろうかなと思ったけれど、湊が帰った後にともくんが来たら、待たせてしまう。湊は、もうしばらく待つことにした。

店の入り口に立っていると、中学生くらいのお兄さんが三人やってきた。表に置いてある、けん玉やヨーヨーを見ている。店の中に入りきらないものは、店先に並《なら》べられていた。

「今どき、べーゴマとかありえねぇ！」

「バカ、知らねぇの？　べーゴマ、流行《はや》ってるんだぜ。やすりで削《けず》って、改造《かいぞう》してさ」

「うっそぉ」

湊は、そそそと体をずらした。

「お、これなつかしいな。麩菓子《ふがし》だぜ」

表に出ている、プラスチックのケースを指さす。そこには、茶色い棒《ぼう》のような麩菓子が並んでいた。

「何これ、おいしいの？」

「うまいって、なぁ？」

三人の中の一人が、顔をあげて湊を見た。ソラマメみたいな目をしている。

いきなり話しかけられて、湊はおどおどした。

「えっと……うん」

麩菓子《ふがし》は好きだから、うなずいた。

「ほらなぁ。ねぇ、君、なんて名前？」

また、きょろきょろした。

湊は、その人たちを知らない。それなのにソラマメくんは、湊に話しかけてくる。

「湊……。倉沢湊」

「ふーん、湊かぁ」

じろじろ見ながら、近づいてくる。

「お金、持ってない？」

湊は首をふった。今日は、ともくんに誘《さそ》われただけだから、お金は持ってない。

「そっかぁ。じゃあさ、この麩菓子、持ってきてくれない？」

湊は意味がわからなくて、首をかしげた。

「こいつ、あのおばあさんの孫だから、お店のお菓子《かし》、勝手に食べていいっていわれてるんだけど……」

そういいながら、頭の形がおにぎりみたいな人を指さす。

「でも、ケンカしちゃって、口きいてないんだ。湊も、家族とケンカすることあるだろう?」

「うん」

湊はうなずいた。ケンカしたわけじゃないけれど、兄の聡《さとし》とは、しばらく口をきいてない。

「だから、湊、とってきてくれない? オレら、あそこで待ってるから」

少し離《はな》れた、角を指さす。もう一人のカマキリみたいなお兄さんが、ぷっとふきだした。

「うーん……」

湊は迷《まよ》った。おばあさんを見ると、まだ新聞を読んでいる。

「ともくんが、来たら……」

「ああ、後で、ともくんにもやるからさ。四本! 頼《たの》むな」

湊の肩《かた》をぽんっとたたくと、お兄さんたちは行ってしまった。角から顔を出して、麩菓子《ふがし》を指さしている。

どうしよう……。

おばあさんにいってからもらったほうが、いいような気がする。湊は、店の中に首を伸《の》ばしてから、外のお兄さんたちを見た。

両手でバッテンを作って、首をふっている。

ケンカしてるって、いってたっけ。

おばあさんにいったら、おにぎりくん、しかられちゃうのかな？　それはちょっと、かわいそう。

うーん。

お兄さんたちが、ぼくを待っている……。そう思ったら、急にやらなくちゃって気持ちになった。

小さいころから、湊には透明《とうめい》なかべが見えた。

みんなと自分の間にある、目には見えないかべ。

いっしょに遊んでても、いつもみそっかすだった。

鬼《おに》ごっこをしても誰《だれ》も追いかけてくれないし、ドッジボールをしても誰もボールをまわしてくれない。

「湊はいいんだよ」って、優《やさ》しくいわれた。

でも、お兄さんたちは違《ちが》う。ぼくならできると思って、待ってくれている。

湊の中に、むくむくと勇気がわいてきた。なんとしてでも、やらないといけないような気がする。

湊は、麩菓子《ふがし》が入っているプラスチックケースのふたを、左手でゆっくりと開けた。ふわっと、甘《あま》い黒砂糖《くろざとう》の香《かお》りがする。右手に二本持つと、右手の甲《こう》でふたを押《お》さえて、左手にも二本握《にぎ》った。

ぐっと力を入れすぎて、ぱりっと指が食《く》い込《こ》む。それでもおばあさんは、気づかない。くるっと背中《せなか》を向けると、お兄さんたちのいる角に向かって一気に走った。

「おー、サンキュー！」

「湊、すげぇな！」

「勇気あるよなぁ」

ソラマメくん、おにぎりくん、カマキリくんが、口々にいった。

はぁはぁ息を切らせながら、湊の気持ちがぎゅんっと飛《と》び跳《は》ねた。

誰《だれ》かにすごいとか、勇気があるなんていわれたのは初めてだ。

「ほら、これ、湊の分」

「え？　ぼくにもくれるの？」

四本のうち一本を、湊に差し出した。

「あったりまえじゃん！　オレたち、仲間なんだから」

仲間……。

友だちじゃなくて、仲間。

その言葉は、湊の心に心地《ここち》よく、美しく響《ひび》いた。

ソラマメくんたちは、湊を一人前に扱《あつか》ってくれる。仲間として、自分たちと同じように接《せっ》してくれる。

すごく、すごくうれしかった。

麩菓子《ふがし》をかじる。

さくっとして、甘《あま》くて、香《こう》ばしい。

「え〜、これ、うまいかぁ？」

「うまくね？　オレ、メシの代わりに、毎日麩菓子でもいいや」

お兄さんたちが笑って、湊もいっしょに笑った。

それは、今まで食べたどの麩菓子よりもおいしかった。


次の日、湊はともくんの席に行った。

「昨日、たからやで待ってたのに」

「え？　なんのこと？」

ともくんが、首をかしげる。

湊は、はぁっとため息をついた。やっぱり、忘《わす》れてたんだ。

これだから、ともくんは……。

心の中でつぶやいて、びっくりした。

今まで、誰《だれ》かのことを、そんなふうに思ったことはなかったのに。

「湊の勘違《かんちが》いじゃないの？」

ぼくのこと、バカにしている……。

自分は間違わない。間違うなら、ぼくのほうだって思《おも》い込《こ》んでいる。

「そんなことないよ！」

怒《おこ》りながら、ふんって思った。

「ぼく、たからやのおばあさんの孫、知ってるんだ。だから、ただで麩菓子《ふがし》を食べたんだよ」

「へぇ、いいなぁ」

ともくんの反応《はんのう》に、湊は気をよくした。

「仲間なんだ」

仲間、というところを強調していった。

「ふーん……。あ、ぼくもドッジボールやる！」

せっかく話してあげてるのに、ともくんは興味《きょうみ》を持たず、ほかの子のところへ行ってしまった。

残された湊は、ちぇっと思った。せっかくもっと、「すごい」っていってほしかったのに。

ともくんには、仲間の意味なんてわからないんだ。

かわいそうに……。

ぼくは、今までのぼくと違《ちが》う。

湊は、ちょっと大人になった気がした。


学校の帰り道。

前のほうに、かえでの背中《せなか》を見つけた。

「かえでちゃーん！」

湊は、名前を呼《よ》びながら駆《か》け寄《よ》った。

かえでは六年生になって、塾《じゅく》に行く回数を週四回に増《ふ》やした。だから、放課後はめったに会えない。

「あ、湊」

かえでが振《ふ》り向《む》いた。立ち止まって待っていてくれる。

「今日も塾《じゅく》？」

「うん。夕方からね。めんどくさいけど」

「じゃあ、なんで行くの？」

湊は、前から思っていたことを聞いた。湊は、勉強が苦手だ。やっていると、頭が痛《いた》くなってくる。頭がいいのに、さらに勉強しようとするかえでの気持ちがわからなかった。

かえでは首をかしげて、少し考えた。

「ほかに、やることがないから」

「そっか……」

「友だち、いないし」

前を見て歩きながら、かえでがさらっという。

遅《おく》れそうになった湊は、あわてて追いかけた。

友だち、いないしって……。じゃあ、ぼくは？

湊とかえでの間に、見えないかべができた。それは湊にしか見えなくて、いくらたたいても、かえでには届《とど》かない。

雨の匂《にお》いがする。

じめっとした、涙《なみだ》の匂い。

湊は空を見上げた。

空が白く見えるのは、雲に覆《おお》われるからだって習ったけれど、湊にはよくわからない。青空や夕焼け空があるように、雨が降《ふ》る前は、空が白くなるんだと思っていた。

そんなことをいったら、また笑われるだろうか。

「ぼくね、仲間ができたんだよ」

重たい空気をはねとばすように、湊はいった。

「仲間？」

「うん。中学生だよ。たからやの孫でね……」

湊は、昨日の出来事をかえでにも教えてあげた。

かえでも、いいね、すごいねって、いってくれると思ったのに。

でも、違《ちが》った。

「それ、本当？」

眉《まゆ》をひそめて、疑《うたが》わしそうにいう。

「どういうこと？」

「その人、本当にたからやの家の子なの？」

びっくりした。そんなこと、思いもしなかったから。

「本当に決まってるじゃん。お兄さんがいったんだもん」

「その人、ウソついたのかもよ」

湊は、うっと言葉につまった。

ウソだなんて……ひどい。

「ウソなんかじゃないよ。ぼく、おばあさんにたしかめたもん！」

ウソをついた。

「かえでちゃん、ぼくのこと、バカだと思ってるでしょ。自分のほうが、かしこいと思ってるでしょ。お兄さんたちは、そんなこといわない！」

今まで、かえでとケンカをしたことなんてなかった。

一歳《さい》で保育園《ほいくえん》に入ってから、ずっとかえでといっしょだった。遊びは別々でも、いつも二人でいた。いつまでもそれは続くのだと思っていたけれど、だんだん、かえでとの時間は減《へ》っていった。湊にとって、それは寂《さび》しくて、心細くて……でもかえでは、そうじゃないみたい。

ぼくのことなんて、どうでもいいんだ。

「そんなこと、思ってないよ。もしウソだったら、万引きになるし……」

かえでの顔は真っ白で、泣きそうで、今日の空のようだった。

万引きって何？　って聞きたかったけど、そんなことも知らないのっていわれそうで、聞けない。でも、すごくイヤな、どろっとした感じがする。それは、悪いことにちがいないと、直感でわかった。

「かえでちゃんなんて、友だちもいないくせにっ」

かえでが目を見開いた。ぴくりとも動かない。

湊は怖《こわ》くなって、走り出していた。


「明日も、たからやの前でな」

ソラマメくんに、そういわれていた。

でも、かえでの言葉が気になる。万引きって、きっと悪いことだ。

もし、おにぎりくんが、たからやの孫じゃなかったら……おばあさんにしかられる。

そう思うと、たからやに行くのを迷《まよ》った。

「ママ、お金くれる？」

学校から帰って、おやつを食べながら、湊はいった。おこづかいは全部ママが持っていて、必要なときに理由をいうと、くれることになっていた。

「ん？　何に使うの？」

ママが、エプロンで手をふきながら聞いてくる。

「お菓子《かし》、買ったり……」

「誰《だれ》と？」

「と、ともくん」

また、ウソが出た。今日は、ウソばっかりだ。喉《のど》に飴玉《あめだま》が引っかかったみたいに感じたけれど、そのたびに、湊は無理やりごくんと飲みこんだ。

「そう。じゃあ、二百円でいい？」

「うん」

二百円もあったら、麩菓子《ふがし》がたくさん買える。お金を持っていれば、万引きなんていわれない。

湊は、二百円を財布《さいふ》に入れて出かけた。

たからやの前に、お兄さんたちがいる。

「よぉ、湊！」

お兄さんたちは、ちゃんと約束を覚えている。さすがだ。

「今日も、頼《たの》むよ」

そういわれて、湊はポケットに手を入れた。

「でも……。今日は、お金があるんだ」

湊は、財布《さいふ》を取り出した。

「お、すげぇ！」

「いくらあるの？」

ソラマメくんは、湊の手から財布をとると、チャックを開けて中を見た。

「二百円！　すげぇ」

「本当だ。おごってくれるの？」

また、すごいっていってくれた。それに、頼《たよ》りにされている気がする。

「うん、いいよ。麩菓子《ふがし》なら……」

「じゃあ、オレ、ラムネ」

「オレ、ポテチがいいな」

「オレも！」

湊は、目をぱちくりした。

「麩菓子じゃないの？」

「だってさ、昨日食べて、うまくなかったもん」

昨日、麩菓子を食べて変な顔をした、カマキリくんがいう。

「オレもさ、毎日麩菓子じゃ、やっぱり飽《あ》きるし」

ソラマメくんもいった。

そう、なんだ……。

ポテチとラムネ。全部でいくらだろう。お金、足りるかな……。

買えなかったら、悪い気がする。

「ちょっと、待ってて」

ポテチは、百二十円。ラムネは、七十円。いつも、ともくんに買ってもらっているから、消費税《しょうひぜい》がいるかどうかもわからない。

おばあさんが、顔をあげた。

顔が丸くて、おにぎりくんに似《に》ている気がする。やっぱり、おばあさんは、おにぎりくんのおばあさんにちがいない。

ハッとして、お菓子《かし》を差し出した。

「これで……買えますか？」

「全部で、百九十円だね」

おばあさんは、ポテチとラムネをパッと見て答えた。

よかった。消費税はいらないんだ。

湊は胸《むね》をはって、百円玉を二枚渡《まいわた》しておつりをもらった。

店を出ると、なぜかお兄さんたちはいなくて、また昨日と同じ角のあたりにいた。

「はい、これ」

渡《わた》すと、「やった！」っていいながら、バリバリと包みをやぶった。三人で手を突《つ》っ込《こ》んでいる。

「ほら、湊も食べろよ」

歩きながら、湊もいっしょに手を突っ込んだ。

やっぱり、仲間だ。

「しょっぱいものを食べると、甘《あま》いものが食べたくなるんだよなぁ」

今度はラムネのふたを開けて、順番に手のひらにのせていってくれた。

ホントだ……。

しょっぱかった口の中に、甘いラムネがじゅわっととけて、さっぱりする。お兄さんは、頭もいい。

「湊って、金持ちなんだな」

ポテチを食べ終わって、指をなめながらソラマメくんがいった。

「うーん。ママにいえば、お金、くれるけど」

「すげぇ！　オレんちなんて、お金くれっていっても、くれないし」

「うちもうちも！」

「ふーん……」

お兄さんたちのママは、どうしてお金をくれないんだろう？

不思議だった。

公園に着いて、お兄さんたちは代わる代わる水を飲んだ。湊も飲んだけれど、生ぬるくてサビっぽい味がする。

公園には、誰《だれ》もいなかった。

ソラマメくんが滑《すべ》り台《だい》の上でスマホをいじりはじめると、おにぎりくんはブランコにのって、立ったままこぎはじめた。おにぎりくんは重そうだから、ブランコがギシギシ音をたてている。

「暇《ひま》だなぁ」

カマキリくんが、空を見上げていった。ソラマメくんは、一人でスマホのゲームをしている。

「どうして暇なの？」

湊は聞いた。

「そりゃあ、金がないからさ。金があったら、もっといろいろ遊べるのに」

「どうして？　みんな、サッカーしたり、野球したりして遊んでるよ？　勉強している子もいるけれど……」

そういうと、お兄さんたちはきょとんとして、アッハッハと笑った。

「オレたち、落ちこぼれだもん」

「部活にも入ってないしなぁ」

「勉強もできないし」

部活？　勉強？

「それができないと、落ちこぼれなの？」

「そりゃそうさ。オレたち、ほかのやつらと違《ちが》うもん」

ソラマメくんが、吐《は》き捨《す》てるようにいう。

お兄さんたちにも、ほかの人たちとの間にある見えないかべが、見えるのかもしれない。

「未来も希望もないよなぁ」

ソラマメくんの、悲しそうな顔。

「そう、なの……？」

未来、希望……。湊は、そんなの考えたこともなかった。

そういえば、兄の聡も中学に入ってから、ソラマメくんのような顔をしている気がする。

湊は聡が大好きなのに、聡は口をきいてくれないし、目を合わせようともしない。学校に行くとき以外、部屋からずっと出てこない。

未来や希望が、ないからだろうか。

「いいんだよ。希望なんてなくたって」

ソラマメくんが、イライラしたように声を荒《あら》らげる。

「どうせ地球なんて、いつか滅亡《めつぼう》するんだから」

「えぇ！」

湊は驚《おどろ》いた。地球が滅亡するって……。

「やっぱり、火星とぶつかるの⁉」

「火星？」

お兄さんたちが顔を見合わせて、また笑った。でもソラマメくんは、すぐに真顔になった。

「湊、知ってるか？　昔から、火星が接近《せっきん》すると、悪いことが起こるっていわれてるんだ」

「悪いこと？」

「ああ。たとえば、戦争が起きたり、災害《さいがい》が起きたり。だから、大接近《だいせっきん》する今年はやばいよ」

やばいって……。

「そろそろ、地球が滅亡するかもなぁ」

おにぎりくんが、ブランコから飛《と》び降《お》りる。誰《だれ》もいなくなったブランコが、キコキコと不吉《ふきつ》な音をさせて揺《ゆ》れていた。

湊は怖《こわ》かった。地球が滅亡《めつぼう》する。それって大変なことだ。

でも、本当かな……。

ソラマメくんたちは、ウソをついているのかもしれない。

「湊、これは、オレたちだけの秘密《ひみつ》だ。みんなが知ったら、世界中がパニックになるからな」

湊は、黙《だま》ってうなずいた。

「どうせ滅亡しちゃうんだから、これからも、いっしょに楽しもうぜ」

カマキリくんに、肩《かた》をたたかれた。

「オレたち、仲間だもんな」

おにぎりくんもいう。

「うん……」

仲間だといわれたのに、あまりうれしい気持ちにはなれなかった。

次の日は、マンガを買うといって五百円もらい、その次は、文房具《ぶんぼうぐ》を買うといって五百円もらった。でも、ソラマメくんは、次は千円持ってきてという。

仲間、だから。

「ねぇ、今日、うちに来ない？」

ともくんが、誘《さそ》ってきた。

「うーん……」

行きたいけど、お兄さんたちと約束している。

「ほかに、約束があるの？　誰《だれ》と？」

「……ソラマメくん」

「えー、変な名前！」

「名前じゃないよ」

そういえば、湊はお兄さんたちの名前を知らない。

ソラマメくん、おにぎりくん、カマキリくん。

どれも、湊が勝手につけた名前だ。あと知っているのは、たからやの家の子がいるってことくらい。

「ソラマメくんって、どこの友だち？」

ともくんが、しつこく聞いてくる。

「友だちじゃなくて、仲間だってば！」

それなのに、名前を知らないって、変かな……。

不安になると、かえでの白い顔を思い出した。

あれは、ぼくのことを心配してたから……？　もしそうなら、ひどいことをいっちゃった。

ドキドキして、胸《むね》がぎゅうっと苦しくなる。

「どうしたの？」

ともくんが、顔をのぞきこんできた。

「うるさい！」

思わず口から飛び出して、そんなことをいう自分に驚《おどろ》いた。

なんで、こんなにイライラするんだろう。まるで、ソラマメくんみたいだ。

湊は教室を飛び出して、かえでのクラスに行った。でも、かえでは見当たらない。校庭や廊《ろう》下《か》も捜《さが》したけれど、どこにもいなかった。

「あれ？　湊くん、どうしたの？　何か、困《こま》ってる？」

廊下で声をかけてきたのは、スクールカウンセラーの真鍋《まなべ》先生だった。

困ってる？　と聞かれて、困ってると思った。でも、なんて話していいかわからない。すごく、自分がもどかしい。

「先生、仲間って、何？」

湊が聞くと、真鍋先生は、「え〜、仲間？　仲間かぁ……」とつぶやきながら、うんうんうなって考《かんが》え込《こ》んだ。

頭を抱《かか》えて、ようやく出た答えは「ごめん！　宿題にして！」だった。

急ぐのになぁ……。

湊は、先生を見てため息をついた。


家に帰って、ママに「千円ほしい」といった。

ママの動きが、ピタリと止まる。

「何に使うの？」

湊のほうを見ないで、テーブルをふきながら聞く。なんだか、動きがぎこちない。

「えっと……。たこあげをするから、たこを買うんだ……」

「お正月のとき、買ったでしょう？」

「でも、違《ちが》うやつがほしくて」

湊の声が、小さくなる。

「じゃあ、昨日と一昨日《おととい》買った、マンガと文房具《ぶんぼうぐ》、見せてごらん」

ママが、湊を見る。湊は、さっと目をふせた。

「あ、今、ともくんに貸《か》してるんだよ。だから……」

汗《あせ》が出てきた。爪《つめ》をかむ。ぎゅっとかむと、血の味がした。

「湊……」

ママが、ふうっとため息をついた。

「本当に必要なら、お金を出すけどね。でも、ウソをついちゃダメよ。湊は、ウソつきっていわれたい？」

湊は、ぶんぶんと頭をふった。

かえでがいってた「ウソ」って言葉と重なる。

「ママ、湊がウソつきになったら悲しいな。ママには、本当のことをいってね」

「……うん。やっぱりたこは、買わない」

湊は部屋に戻《もど》るふりをして、そっと外に出た。

空を見上げる。白い。

今にも、雨が降《ふ》りそうだった。

雨が降れば、行かなくてすむかもしれないなんて思った。

湊は、行きたいんだか、行きたくないんだか、わからなかった。

仲間になりたいけど、仲間になるのは大変で。千円ないと、ダメなのかな……。

足を引きずりながらゆっくりと歩いていたはずなのに、気がついたら、たからやの近くに来ていた。

ソラマメくんたちが、たからやの角にいるのが見える。

やっぱり、帰ろうかな……。

立ち止まると、ソラマメくんが、「湊〜！」と手をふった。ほかの二人も気がついて、手招《てまね》きしている。

逃《に》げられなくなっちゃった……。

湊が近づくと、おにぎりくんが、「千円、持ってきた？」と聞いた。

「……ううん。ママが、ウソはダメだって」

すると、さっきまでにこにこ顔だったカマキリくんが、「はぁ？」と顔をゆがめた。

カマキリじゃなくて、キツネの妖怪《ようかい》みたいな顔だった。

「じゃあ、どうすんだよ」

「バトルカード、買えないじゃん」

おにぎりくんとカマキリくんがチッと舌打《したう》ちするから、湊の体はびくっと緊張《きんちょう》した。

「まーまー、しょうがないじゃん。いくら湊が金持ちだからって、ママがダメっていうんじゃさ」

ソラマメくんの言葉に、湊はパッと顔をあげた。

「いいの？」

「当たり前じゃん、オレたち、仲間なんだから」

やっぱり、ソラマメくんは優《やさ》しい。千円なくても、仲間でいてくれる。

「でもさぁ」

ソラマメくんが、顔を寄《よ》せてきた。

「オレたち、バトルカードでゲームがしたいんだ。すっげぇおもしろいんだぜ」

「そうだよ。湊にも教えてやりたかったのに」

「飽《あ》きたら、ネットで売れるしな」

おにぎりくんとカマキリくんもいう。

バトルカードって、そんなにすごいものなんだ……。

「そこで、お願いなんだけど。湊、お店からとってきてくんない？」

「え？　でも……」

「だから、いったじゃん。こいつ、おばあさんの孫なんだって。でも、まだケンカ中なんだよ」

ソラマメくんが、カマキリくんの肩《かた》に手をまわす。でもカマキリくんは、「オレじゃなくて、こいつだろう！」と、おにぎりくんを指さした。

「あのさ……。お兄さんたちの名前、教えてくれる？」

湊は、思いきっていった。本当の名前が知りたい。

「ぼくのお兄ちゃんも、中学生なんだ」

兄の聡に聞けば、たからやの子かどうかもわかるかもしれない。でも、聡のことをいうと、
ソラマメくんたちは顔を見合わせた。

「名前？　いいじゃん、そんなの」

なんだか、声が焦《あせ》っている。

「名前なんて、意味ないんだよ。ただ、呼《よ》ぶためにあるだけなんだから。それより、心が通じ
合ってるほうが大事だろう？」

いってることはよくわからないけれど、心が通じ合ってるって、いい言葉だ。大切な感じが
する。

「うん、まぁ……」

湊は、わかったようなふりをして、うなずいた。

「わかってくれたか！　じゃあ、バトルカードが五枚《まい》入ったやつ、五つもらってきて」

え……。

いいよなんて、いってないのに。

「入り口を入って、左側にあるから。おばあさんに見つかるなよ」

そういって、湊の背中《せなか》をとんっと押《お》した。

どうしてぼくが、行かないといけないんだ。

イヤだな、イヤだな、と口の中でつぶやいた。

開けっぱなしになっているガラス戸から、中に入った。

お菓子《かし》やおもちゃがいっぱいあって、いつもだったらワクワクするのに、今日はちっともそんな気になれない。それどころか、ドキドキして、汗《あせ》が吹《ふ》き出《で》た。

入って、左……あった。

手のひらくらいの大きさのキラキラした袋《ふくろ》に入ってて、キャラクターの絵がかかれていた。

あの絵、見たことがある。テレビアニメでやっていた。

おばあさんはいつものとおり、新聞を開いている。

お金があったら、こんなにドキドキしなくてすむのに。

湊は、はぁっとため息をついて、しゃがみこんだ。

目の前に、バトルカードがある。

ひとつ、手にとった。五つも持ったら、落としちゃいそうだ。

青空
STAR
イスクリーム
ICE CREAM

湊はトレーナーをめくって、ひとつをお腹《なか》の中に隠《かく》した。うん、目立たない。

もうひとつ、入れてみた。まだ、いけそうだ。

三つ、四つ……。お腹《なか》がパンパンになって、トレーナーの下でガサガサいう。

もう一度おばあさんを見たけれど、ぼくがいることにも気づいてないみたいだ。

最後のひとつをお腹に入れた。

でも、どうやって立ち上がろう……。

トレーナーの上からお腹を押《お》さえて、ゆっくりと立ち上がる。

ガサガサと音がした。

足も、手もふるえた。

鼻水が出てきそうだけど、すすったら、おばあさんがこっちに気づいてしまう。

もう、どうしていいかわからなくて、それ以上動けなくて、中腰《ちゅうごし》のまま固まった。

「湊……」

突然《とつぜん》名前を呼《よ》ばれて、ゆっくりと首だけ動かした。

「……かえで、ちゃん……」

涙《なみだ》と鼻水がいっしょに出てきて、手元がゆるんだ。ガサガサッと、バトルカードが落ちる。

おばあさんが新聞をおろして、こっちにやってきた。

「何をやってる！」

おばあさんの、鬼《おに》みたいな顔。

「最近、万引きしてるのはおまえか？　あの中学生たちの手下か！」

手下？　仲間じゃなくて、手下？

「ぼ、ぼく……」

外を見たら、お兄さんたちはいなかった。

「ご、ご、ご、ごめんなさい」

声がふるえて、おしっこが出ちゃいそうだった。

「あの、すみません。わたし、この子の友だちで」

かえでが、湊の前に出た。

「中学生に、だまされたみたい。あいつら、逃《に》げました」

必死になって、おばあさんを見上げていた。

「この子は、すごく優《やさ》しくて、いい子なんです。ウソつかれたんです。許《ゆる》してください！」

「かえでちゃん……」

湊は、うっうっと、声に出して泣いた。後から後から、涙《なみだ》が止まらない。

「なんだい、そうか……。小学生をだますなんて、ひどいやつらだね。でも、あんたも、あんなやつらに引っかかるなんて、ダメじゃないか。世の中には、もっとひどいやつらだっているんだ。気をつけなくちゃ」

「はい……」

湊とかえでは、バトルカードを元の場所に戻《もど》した。

でも、これでいいのかな……。

湊は、財布《さいふ》を出した。十円玉が六枚《まい》入っている。

「あの……。お兄さんが、おばあさんの孫だから、とっていいって。それで、麩菓子《ふがし》を四本もらったことがあるから……」

湊は、十円玉を四枚出した。手のひらがふるえている。

おばあさんは、顔をしかめて四十円をつかんだ。

「今度会ったら、ただじゃおかない！」

激《はげ》しい口調で、顔をしかめる。

怖《こわ》い……怖くて、またふるえあがる。

湊は、手のひらを握《にぎ》りしめて、体中に力を入れた。

「……なんだい、まだ何か用かい？」

突《つ》っ立《た》ったまま動かない湊を、おばあさんはいぶかしげに見つめた。

「ソ、ソラマメくんたち、未来も、希望もないって……。だ、だからっ」

湊は、何度もつばをのみこんだ。なんていっていいのか、わからなかった。

「まったく、あきれるねぇ。ひどいことをされたのに、あいつらをかばうのかい？」

おばあさんは、眉間《みけん》に深いしわを寄《よ》せた。

「わかったよ。でも、いっとくけど、子どもっていうのはね……」

不機嫌《ふきげん》にいいながら、また新聞をバサッと広げる。

「どんな子だって、未来であり、希望なんだ」

新聞の向こうで、おばあさんがいった。


湊とかえでは、黙《だま》って歩く。ずんずんと歩く。

夕暮《ゆうぐ》れの空が、ピンク色とむらさき色のグラデーションに染《そ》まっていた。帰りそこねたような雲がひとつ、ぽつんと寂《さび》しげに浮《う》かんでいる。

三丁目公園に着くと、二人はベンチに座《すわ》った。もう誰《だれ》もいなくて、スーパーの袋《ふくろ》が風でくるくると舞《ま》っている。

「かえでちゃん……」

きっと、怒《おこ》ってるよね。

「ごめんなさい」

そういったのは、かえでのほうだった。湊が「え？」と聞き返す。

「この間、湊、怒《おこ》ってたでしょう？　わたし、また何か変なこといっちゃったんだよね？　いつもよけいなことといって、怒らせちゃって……でも、どうしてみんなが怒るのかわからないから、いってくれないと……」

ああ、そうだった。「ごめんなさい」というのが、かえでの口ぐせであることを湊は知っている。

「ううん、かえでちゃんは、悪くないよ。ぼくが勝手に……いじけてたんだ」

みそっかすが、イヤだった。

誰《だれ》かの役に立ちたかった。

「湊だけは、いつもいっしょにいてくれたのに。湊に嫌《きら》われたら……」

かえでは、ぎゅっとスカートを握《にぎ》った。

「……かえでちゃん」

湊の心の中に、小さな明かりがぽっと灯《とも》った。

もしかして、ぼく、役に立ってる？

「湊、いって。わたしのどこがいけなかった？　いってくれないと、また同じことしちゃうかも」

湊は、ゆっくりと首をふった。そして、急におかしくなって、くすくすと笑った。

生あたたかい風が、鼻をくすぐる。

いつの間にか、空に星がぴかっと光っていた。

「かえでちゃん、火星は地球にぶつかったりしないって、いってたよね？」

「うん」

「地球は、滅亡《めつぼう》しないよね？」

「しないよ」

どうして昔の人は、火星を不吉《ふきつ》な星だなんていったんだろう。人ってイヤなことがあると、何かのせいにしたくなるのかもしれない。

ぼくが、見えないかべを想像《そうぞう》したように。

「ぼく、かえでちゃんのいうことを信じるよ。それに、かえでちゃんが何をいっても、ずっと友だちだから」

「本当？」

「うん。だからかえでちゃんも、ずっとぼくの友だちでいてくれる？」

「うん」

かえでは、湊を見て笑った。
ふうっと、息をつく。
あっち側とか、こっち側なんてものはない。
ぼくとかえでちゃんを分けられるものなんてない。何もないんだ。
湊は足をぶらぶらさせながら、赤い火星を思《おも》い浮《う》かべた。

5. 光らない星

「仮入部《かりにゅうぶ》の期間は二週間。その間は、どの部を見学して、参加してもかまわない」

坂田第二中学《さかただいにちゅうがく》のクラブ活動オリエンテーションの後、教室に戻《もど》った生徒に向かって担任《たんにん》がいった。

倉沢聡《くらさわさとし》は、大きなあくびをひとつした。

「どうする？」「どこにする？」と盛《も》り上《あ》がる教室で、自分だけが浮《う》いている気がする。

「なぁなぁ、倉沢、どうすんの？」

後ろの席から、肩《かた》をたたかれた。

えっと、こいつ、誰《だれ》だっけ？

「オレ、サッカー部。でもさぁ、人数が多いから、レギュラー難《むずか》しそうなんだよなぁ」

「だったら、やめれば？」という言葉が、喉元《のどもと》まで出かかって、あわてて飲みこむ。そんなことをいったら、結果は見えている。周りのやつらの冷ややかな視線《しせん》を浴びる勇気はない。

「で、倉沢は？」

「まだ、決めてない」

一番無難《ぶなん》な言葉で回避《かいひ》した。

みんな、よくもまぁそんなにやりたいことがあるもんだよな。

吹奏楽部《すいそうがくぶ》、野球部、テニス部といってるやつらを見て感心する。そういえば、夢《ゆめ》を語るやつらもそうだ。将来《しょうらい》なりたいものが、今から決まっているだなんて信じられない。そんなの、なれっこないのに。

バカだなと思いながら、なぜかそんなやつらがきらきらとまぶしくて、イライラする。

つれない態度《たいど》をとったせいか、後ろのやつは隣《となり》と話しはじめた。

聡は、窓《まど》の外を見た。

春は、憂鬱《ゆううつ》な季節だ。

何かがはじまりそうな期待をさせるだけさせて、結局、何もはじまらない。それどころか、環境《かんきょう》が変化することによって、新しく準備《じゅんび》したり覚えたり、大変なことばかりだ。

それなのに、自分以外の人間が幸せそうに見える。

そんな顔を見ていると、みんな不幸になってしまえと呪《のろ》いたくなる。

頭に何かがぶつかって、机《つくえ》の上にぽとんと落ちた。丸めた紙を見つめる。

「倉沢、倉沢ってば！　こっち！」

斜《なな》め前《まえ》の席から声がして、顔をそちらに向けた。

「なに、暗くなってんのよ」

榛名悠里《はるなゆうり》……。小学校で五、六年のとき同じクラスだった。元学級委員で、お節介《せっかい》で、聡のもっとも嫌《きら》いなタイプだ。

紙をくしゃっと握《にぎ》りつぶして、無視《むし》した。

「あ、そういう態度《たいど》？　そうなんだ？」

榛名はぐっと胸《むね》を反らすと、挑発《ちょうはつ》するようにいった。

「そんなことするなら、いっちゃうよ。倉沢は、この中学が大っ嫌いなんですよーって」

「え？　何々？」

よく通る榛名の声に誘《さそ》われて、何人かの女子が振《ふ》り向《む》く。とたんに、聡の顔がカッと熱くなった。

「おまえ、ふざけんなっ」

椅子《いす》を倒《たお》して立ち上がると、教室がしんとした。

榛名はきりっと唇《くちびる》をむすんだ。

「なんだ。そんな元気、あるんじゃん」

ふんっと顔を背《そむ》けて、女子たちと話しはじめる。

くそっ、なんなんだ、あいつ。

榛名に恨《うら》まれる覚えも、からまれる理由もない。

これだから、こんな中学になんて来たくなかったんだっ。


放課後、部活の見学に行く者が散っていった。

聡は靴《くつ》を引きずるようにして、まっすぐ自宅《じたく》へ向かう。

榛名の声が、耳から離《はな》れなかった。

——倉沢は、この中学が大嫌《だいきら》い。


そのとおりだ。

学校がはじまってしまえば、なんとかなるかと期待したけれど、まったくダメだった。なんとかなるどころか、日に日に苦痛《くつう》が増《ま》してくる。

このままじゃ、自分自身が崩壊《ほうかい》してしまいそうだった。

何度も目を背けては、繰《く》り返《かえ》し戻《もど》ってしまう思いに、またぶちあたる。

あれほど、勉強したのに……。

毎日塾《じゅく》に通い、日曜特訓にも行った。夏期講習《かきこうしゅう》や冬期講習のほかに、合宿にだって参加した。

それなのに、中学受験で失敗した。

いや、受験してダメだったらあきらめもついただろうけど、聡は、試験を受けることさえできなかった。

休みなくずっと勉強してきたのに、受験当日の朝、突然《とつぜん》熱が出た。

這《は》ってでも行きたかったけれど、母さんに止められた。

顔は真っ赤だし、息も荒《あら》くて、立っていられないほどだったから。

あれほど、体調に気をつけていたのに……。

常《つね》に手洗《てあら》いうがいをしていたし、外出だって控《ひか》えていた。

ひとつだけ心当たりがあるとしたら……湊《みなと》だ。

あのとき、湊のクラスでは風邪《かぜ》が流行《はや》ってるといっていた。だから、なるべく近寄《ちかよ》らないようにしてたのに、あいつが持ってきたおやつを食べたから……。

「お兄ちゃん、がんばってね」なんて、天使のような笑顔《えがお》でいわれたら、とても断《ことわ》れない。でも、後から思い返すと、あれは湊の陰謀《いんぼう》だったのかもしれない。

湊は、勉強ができるオレがうらやましくて、それで、それで……。

聡は首をふって、何度も繰《く》り返《かえ》してきた妄想《もうそう》を振《ふ》り払《はら》った。

もう、すんだことなのに。

本当だったら、大学付属《ふぞく》の私立《しりつ》中学に通うはずだった。学力判定《がくりょくはんてい》テストでも、十分合格圏《ごうかくけん》内《ない》で、塾《じゅく》の先生も太鼓判《たいこばん》を押《お》してくれていた。

あれほど勉強したのは、高校受験も大学受験もせずにすむと思ったからだ。みんなが大変なときに、楽ができる……そう思うからこそ、毎日がんばれた。

それが水《みず》の泡《あわ》になって、心も体も空っぽになった。

父さんも母さんも、高校受験でがんばればいいなんていうけれど、そんな簡単《かんたん》に割《わ》りきれるものじゃない。どれほどがんばってきたのか、二人ともわかってないと聡は憤《いきどお》った。

全部、湊のせいだ。

物心がついたとき、すでに母さんは湊のものだった。湊は生まれつき体が弱く、しょっちゅう熱を出したし、いろいろアレルギーもあり、救急車で運ばれたことも二回ある。

言葉が遅《おそ》くて、ハイハイも立つのも歩くのも遅かった。

早くいっしょに遊びたくて、聡が無理やり手を引《ひ》っ張《ぱ》ったりちょっかいを出したりするたびに、母さんにしかられた。

「湊は、聡よりもゆっくり育ってるのよ。そのうち、遊べるようになるから」

母さんはそう繰《く》り返《かえ》した。でも、聡は待ちきれなかった。

早く、早く、早く！

そう願ったけれど、湊は母さんのいうとおりゆっくりで、一歳《さい》しか違《ちが》わないはずなのに、ずっと小さな子に思えた。同じ保育園《ほいくえん》に通っている間も、先生といっしょにいることが多かったし、ほかの子とは少し違うと感じた。

それでも、聡は湊が好きだった。

お兄ちゃんだからと自分にいいきかせ、じれったさも両親の愛情《あいじょう》も我慢《がまん》した。そして、湊が苦手な分、自分が勉強も運動もがんばろうと心に決めた。

勉強は常《つね》にトップクラスだったし、運動会ではリレーや応援団《おうえんだん》でも活躍《かつやく》した。

それが、いつからだろう。

息切れと疲労感《ひろうかん》を覚えるようになったのは。

湊が何かできると、両親は大げさなくらいほめるのに、聡ができてもあまりほめてはもらえなかった。

しょうがない、湊は特別なんだ。

聡は、そう自分にいいきかせ続けた。

そうして迎《むか》えた中学受験で、力が尽《つ》きた。

ずっと、湊に振《ふ》り回《まわ》されている。

それなのにあいつは、あどけない顔で両親の愛情《あいじょう》を独《ひと》り占《じ》めにしたまま、いつも笑ってい
る。きらきらと、変わらない笑顔《えがお》で。

「倉沢！」

聞き覚えのある声が、後ろから追いかけてきた。

「さっきは、ごめん！」

前に回《まわ》り込《こ》んできた榛名が、頭を下げる。

するりと避《よ》けて、通《とお》り過《す》ぎた。

「悪かったっていってるじゃない。本当に、ごめん」

必死な声にうんざりして、立ち止まる。

「わかったから、もうオレにかまうな。話しかけるな」

榛名の顔がこわばった。

「そんな……。だって、心配で」

「は？　どうして榛名が、オレの心配をするんだよ。元学級委員だからか？　よけいなお世話
なんだよ」

とにかくイラついた。

「中学……三年間もあるんだよ。それなのに、ずっとそうしてるつもり？」

いいにくそうに、口を開く。

榛名は心の中にずかずかと入りこみ、痛《いた》いところをえぐってくる。

「榛名には関係ないだろ。そんなふうに同情《どうじょう》されるのが、一番ムカつくんだよ！」

「同情なんて、するわけない！　わたしだって……落ちたんだから」

うつむいて、きゅっと唇《くちびる》をかみしめる。

はっ。少しは、人並《ひとな》みの痛みを持ってるってわけか。

「そうだ。おまえも受験に失敗したんだ。負けたんだから、もっと落《お》ち込《こ》めよ。かっこつけて、平気なふりしてんな」

「かっこつけてなんかないっ」

榛名は、ぎりっとにらんできた。

そうだ、もっと怒《おこ》れ。

聡は心の中でせせら笑った。

怒って、泣いて、恨《うら》めばいいんだ。

ただし、一人で。

負けたもの同士が慰《なぐさ》め合《あ》うなんて、みっともなくてごめんだ。

毎日が、苦痛《くつう》だった。

頭の悪いやつらといっしょに勉強するのも、あいつは受験に失敗したという目で見られるのも。

だから入学以来、誰《だれ》とも交わらず、ずっと一人を通している。一人のほうが、気楽だ。

「あんたはそうやって……。いつまでもそうやって、後悔《こうかい》して過《す》ごすわけ⁉」

「後悔なんて、してない。次こそ受かってみせる」

まだ終わりじゃない。高校受験で挽回《ばんかい》して、みんなをあっと驚《おどろ》かせてやる。

榛名の目から怒《いか》りが消え、悲しそうな顔になった。

「倉沢は……誰のために生きてるの?」

誰のため?

何をいってるんだ。

「自分のために決まってるだろ」

確信《かくしん》を持っていったのに、なぜか声がふるえた。

「だったら、もっと好きにすればいいじゃない。わたしには、何かに縛《しば》られてるようにしか見えない」

何を、知ったふうなことを。

「そうやって親切ぶって、自己満足《じこまんぞく》のためにオレを利用するの、やめてくれる?」

思い切りイヤミを込《こ》めていうと、思ったとおり、榛名の顔が赤くなった。

「どうして、そんなふうにしかいえないのよ」

低い声で、うなるようにいう。

「わたしはただ、天文部に入らないかって、いいたかっただけなのに」

「天文部？」

思わず、顔をしかめた。

「どうして、天文部なんだよ」

「だって倉沢、星が好きだったじゃない」

え……？

「六年生のときの自由研究、星についてだったでしょう？」

まっすぐな目で見つめられて、思い出した。

夏休みの自由研究なんて、なんでもよかった。宿題だから、仕方なくやっただけだ。

でも、どうして星にしたんだっけ……。

思い出せない。たぶん、たいした理由なんてない。

「あのときわたし、学力判定《がくりょくはんてい》の結果も悪くて、落《お》ち込《こ》んでたんだ。でも、倉沢の自由研究を見たら、受験なんてすごくちっぽけな気がして、立ち直れた。結局、落ちちゃったけど」

ひょいっと、肩《かた》をすぼめる。

「あのとき、焦《あせ》ってて、みんなが敵《てき》に見えて、孤独《こどく》で……。ほんっとにやばかったんだよね。だから、倉沢に救われたような気分だった」

絞《しぼ》り出《だ》すように告白する姿《すがた》は、いつものはきはきと自信に満ちた榛名とは、別人のようだった。

「覚えてる？『宇宙《うちゅう》は生きている。今、この瞬間《しゅんかん》も新しい星は生まれている。それぞれまったく違《ちが》う個性《こせい》を持つ星たちは、まるで人間のようだ』っていう言葉ではじまるの」

……まったく、覚えていない。

「それを読んで、感動したんだ。星なんてどれも同じに見えるのに、倉沢には違って見えるんだなって。倉沢のおかげで、世の中を見る目が変わったの。いつか、宇宙に行ってみたいとも思ったし……」

聡は、それ以上聞いていられなかった。

「そりゃよかったな。でも、受験はちっぽけなことなんかじゃない。星と人間が同じだなんて、本気で思ってるのか？　そんなの、自由研究のために無理やり絞り出した言葉に決まってるじゃないか」

一気にまくしたてた。榛名のペースに巻《ま》き込《こ》まれたくなかった。

「だいたい、宇宙《うちゅう》に行きたいって、宇宙飛行士にでもなるつもりか？　それにはなぁ、体力と知力と……、とにかく、能力《のうりょく》のない人間には無理。絶対《ぜったい》に無理」

榛名の打ちひしがれる顔を見て、ざまあみろと思うと同時に、胸《むね》の奥《おく》がきりきりと痛《いた》んだ。

聡は、くるっと背中《せなか》を向けて、歩き出した。

「そんないい方、しなくてもいいじゃない……。好きなんでしょう？　星！」

叫《さけ》んだ榛名は、それ以上追いかけてはこなかった。

それから二週間、榛名は聡に近づいてこなかった。

それどころか、誰《だれ》も声をかけてこない。聡自身が、「話しかけるな」オーラを発しているからだ。

こんなことなら、学校なんて行かないほうがマシなんじゃないかと思うくらいだけど、不登校になるにも勇気がいる。同級生をバカなやつらと見下して、一人でいることでしかプライドを保《たも》てなかった。

朝ご飯をスナック菓子《がし》ですませ、学校帰りにコンビニで買い食いをする。

帰宅後《きたくご》は部屋に直行して、夕飯になっても出ていかなかった。母さんが部屋まで食事を持ってきてくれるようになり、ドア越《ご》しに手だけ伸《の》ばして受け取った。そのときに「いっしょに食べない？」と、すがるようにいわれたけれど、そのうちそれさえ聞かれなくなった。

その代わり、「無理しないで」とか「ごめんね」とかいわれた。

母さんも、ようやく気づいたのかもしれない。自分の目が、湊ばかりに行きすぎていたことに。

それがわかっているのに我《が》を通すのは、子どもじみている。わかってる。わかっているけれど……。

これから、自分はどうなるのだろう。不安で、先がまったく見えなかった。無気力なまま、ただ毎日が過《す》ぎていく。

「あ、倉沢？」

学校帰り、すれ違《ちが》いざまに名前を呼《よ》ばれて、ぎくりとした。

まず、最初に制服《せいふく》が目に入った。聡が受験しようとしていた中学の制服だ。紺色《こんいろ》のブレザーで、今の制服と雰囲気《ふんいき》は似《に》ているけれど、それはまったく別ものだった。ボタンの色、袖《そで》に入るえんじ色のライン……。ふつうだったら気にならないほど小さなところが、聡にとっては大きな違いだった。

しかも、そいつは同じ小学校、同じ塾《じゅく》に通っていたやつだ。

「元気？」

遠慮《えんりょ》がちに聞かれた。向こうも、声をかけて失敗したなという顔をしている。

「ああ。そっちは?」

仕方なく聞き返したけれど、本当は聞きたくなかった。オレが行きたかった学校で楽しんでいるなんて、知りたくもない。

「うん。元気」

話すことがなくて、気まずさに拍車《はくしゃ》がかかる。

「倉沢……、残念だったよな。いっしょに、行きたかったのに」

ウソをつくな! と、心の中で叫《さけ》んだ。

オレが受けなかったおかげで、おまえが入れたのかもしれないじゃないかと、いいがかりじみた思いまでわいてくる。

でもそいつには、皮肉めいたところはみじんもない。それが、よけいに聡をいらだたせた。

「オレ、野球部に入ったんだ。あそこの付属《ふぞく》高校、甲子園《こうしえん》の常連校《じょうれんこう》だし、どうしても入りたかったんだよ」

気まずい空気を埋《う》めるように、明るくいう。

「おまえ、部活は?」

聞かれて、口ごもった。

「別に……」

「そっか。じゃあな」

離《はな》れていく背中《せなか》を見送る。聡も背中を向けたとたん、眉間《みけん》にしわを寄《よ》せた。

——甲子園《こうしえん》の常連校《じょうれんこう》だし、どうしても入りたかった……。

あいつは、そんな理由だったのか。じゃあ、オレはどうして、あの中学を受けようとしたんだ？

父さんが卒業した、大学の付属中《ふぞくちゅう》だったから……。

あそこに行けば、喜んでもらえると思った。

ほめてもらえると思った。

敗北感以上に、苦い思いが残った。


家に帰ると、鍵《かぎ》がかかっていた。

両親は二人とも働いているから、聡も湊も鍵を持っている。でも今日は、湊は風邪《かぜ》をひいて、学校を休んでいた。

「聡、湊のことお願いね」

出がけに母さんがそんなことをいっていたけれど、何かをするつもりはないし、期待だってしていないだろう。お昼ご飯は置いてあったし、薬だって一人で飲めるはず。

手を洗《あら》って、台所にあったスナック菓子《がし》の袋《ふくろ》をつかむと、そのまま部屋に直行した。

湊の部屋の前を通りかかったとき、「お兄ちゃん、おかえり」って声が聞こえたけれど、返事をしなかった。

部屋のドアを乱暴《らんぼう》に閉《し》めてカバンを放り出すと、椅子《いす》に座《すわ》った。隣《となり》の部屋から、ゴホゴホと咳《せき》が聞こえてくる。

何をしよう。

とりあえず、宿題をして、問題集を解《と》いて……。そう思って教科書を取り出したのに、頭では別のことを考えていた。

榛名のいうとおり、坂田第二中学に行きたくなかった。

アイツ、受験したはずじゃないのか?

落ちたのか?

かわいそうに……。

そんなふうにいわれている気がして、たまらなかった。

でも、今じゃ存在《そんざい》すら無視《むし》されている気がする。誰《だれ》の目にも留《と》まらない。それを望んでいたはずなのに、いざそうなると、いじけた気持ちになった。

学校へ行って、帰るだけの日々。

榛名は、楽しそうにしているのにな……。

教科書を開いたものの、手をつける気にならず、ベッドにごろんと横たわった。

そのとき、ピンポンと呼《よ》び鈴《りん》が鳴った。

窓《まど》から見下ろすと、湊の友だちが玄関《げんかん》に立っているのが見える。

あれは、同じ保育園《ほいくえん》に通っていた、水野《みずの》かえでだ。

小さいころ、湊といっしょに遊んでいたから、いろんな工作物を作ってやったことがある。

同じ進学塾《しんがくじゅく》に通っていたけれど、上位成績者《じょういせいせきしゃ》の中に、たびたびその名前を見かけた。それがどうして、湊なんかと仲がいいのかわからない。

放っておこうと、またベッドに横になった。

すると、隣《となり》の部屋のドアが開いて、湊が階段《かいだん》を下りていった。

チッと、舌打《したう》ちをする。

風邪《かぜ》をひいているのに出ていくなよ、と思う。

湊はかえでを家に招《まね》き入《い》れ、部屋に戻《もど》ったようだ。

隣の部屋から、ぼそぼそと話し声が聞こえてきたけれど、興味《きょうみ》はなかった。

天井《てんじょう》を、じっと見つめる。

あと三年間、こんな生活が続くのかと思うとうんざりした。

キンコロカラン、キンコロカラン……。

鈴《すず》のような軽い音が響《ひび》いて、びくっとした。

あまりにも久《ひさ》しぶりに聞く音だったから、それがスマホの着信音だと気づくまでに、数秒かかった。

反射的《はんしゃてき》にカバンを探《さぐ》り、通話ボタンを押《お》す。

『もしもし、倉沢？』

「そう、だけど……」

女の声に戸惑《とまど》った。

『わたし、榛名だけど』

出なきゃよかった……。そもそも、どうしてこの番号を知ってるんだ。榛名は、聡の沈黙《ちんもく》の意味を察したようで、得意げにいう。

『倉沢が仲良くしてたやつらに、かたっぱしから当たって番号を聞き出すの、大変だったんだよ』

誰《だれ》だよ、と思いながら、仲がよかったやつが自分にもいたのかと驚《おどろ》くような気もした。

『それより、すっごいニュースだよ！』

榛名は、もったいつけるように間をおいた。

『今夜7時から、天文部が学校で観測会《かんそくかい》をするんだって。いっしょに行かない？』

「は？」

こいつ、まだあきらめてなかったのか……。

「天文部なんかに入らないといっただろっ」

『そんな決めつけないで、参加してから考えたら？』

「いやだね。時間の無駄《むだ》だ」

話にならないと、切るボタンを押《お》そうとしたとき、榛名の叫《さけ》ぶような声が聞こえた。

『ずっとこのままでいいの⁉』

暗くなった画面をにらんだ。

ぎりっと、唇《くちびる》をかむ。最後の言葉が耳に残った。

壁《かべ》に向かってスマホを投げつけると、隣《となり》の部屋の会話がピタッとやんだ。

誰《だれ》もかれも、クソばかりだ。

どうして放っておいてくれないんだ。

オレのことなんて……。

カーテンの隙間《すきま》から、オレンジ色の光がまっすぐに差《さ》し込《こ》んでくる。

燃《も》えるような色に吸《す》い寄《よ》せられて窓《まど》を開けると、夕暮《ゆうぐ》れの光が、どっと部屋に流《なが》れ込《こ》んできた。

新鮮《しんせん》な空気が、体の隅々《すみずみ》まで行《ゆ》き渡《わた》る。

ベランダ続きの湊の部屋から、笑い声が聞こえてきた。

小さいころ、湊がかわいそうだと思った。

だから、オレが一生守ってやるなんて思って。

でも、果たして湊は、本当にかわいそうなんだろうか。

今、どう見ても湊のほうが幸せそうで、オレは不幸だ。

ベランダの手すりによりかかって、家々の屋根を見る。高台にあるため見晴らしがよく、遠くに山の姿《すがた》も見えた。

湊の代わりにがんばるとか、湊を守るとか、それってオレの一方的な思い込みだったんじゃないだろうか。

心のどこかでは、わかっていた。湊は優《やさ》しくて、明るくて、いつも周りに人を集めてしまう。それは勉強ができないとか、運動が苦手というマイナス部分をカバーするのに、十分すぎる能力《のうりょく》だ。

人は自分の悪い部分にばかり目を向けてしまうけれど、湊は違《ちが》う。悪いところをしっかりと受け止めて、いい部分を伸《の》ばそうとしている。

それが、うらやましかった。

いつの間にか、赤い空に紫色《むらさきいろ》が染《し》み込《こ》むように広がっていた。

一番星が、きらりと光る。

ああ、そうだ。どうして自由研究に、星を選んだか思い出した。

塾《じゅく》の夏休み合宿が、八ヶ岳《やつがたけ》の研修所《けんしゅうじょ》であった。朝早くから夜遅《よるおそ》くまで、勉強漬《づ》けの日々が続き、夜食まで出て、勉強、勉強……みんな必死の形相で……。オレはその息苦しさに耐《た》えられず、夜の自習を抜《ぬ》け出《だ》して表に出た。

そのとき満天の星を見て、息が止まった。

美しいとか、そんな陳腐《ちんぷ》な言葉では表現《ひょうげん》できない。恐《おそ》ろしいほどの……神秘《しんぴ》だ。

吸《す》い込《こ》まれるように足が動き、少し建物から離《はな》れただけで、すっぽりと闇《やみ》に包まれた。

ふだん、真の闇なんて体験したことがなかったから、ねっとりとした夜の濃《こ》さにうろたえた。めまいがして、上も下もわからなくなり、宙《ちゅう》に浮《う》かんでいるような気さえして……。宇《う》宙《ちゅう》に、ぽんっと放り出されたような感覚に、足元がふらついた。

暗闇に自分を見失いそうになったとき、ひとつの明かりに救われた。

「散歩ですか？」

それは、合宿所の管理人のおじさんだった。闇《やみ》に浮《う》かぶ明かりは、懐中電灯《かいちゅうでんとう》の光だ。

「すみません……」

夜に抜《ぬ》け出《だ》したことをしかられるかと思ったけれど、おじさんはただ聡の横に並《なら》んだ。そして懐中電灯の明かりを消し、空を見上げた。

おじさんの息遣《いきづか》いが感じられるくらい、静寂《せいじゃく》に包まれていた。

「星はたくさんあるけれど、すべてが、自ら光を放っているわけじゃないんですよ。自力で光ることができなくても、ほかの星の光を跳《は》ね返《かえ》して、光る星もあるんです」

そんな話を聞いていたら、なぜだか涙《なみだ》がこぼれ落ちた。

自分は自力では光れないと、自覚していたのかもしれない。

それでもありのままでいいのだと、いわれたような気がした。

――このままでいいの⁉

榛名の声がよみがえって、我《われ》に返った。

聡は、ベランダから部屋に駆《か》け戻《もど》って、納戸《なんど》に頭を突《つ》っ込《こ》んだ。合宿の後の誕生日《たんじょうび》に、かなり本格的《ほんかくてき》な天体望遠鏡を買ってもらった。

ベランダに持ち出し、三本のスチール脚《あし》にのせた細長い筒《つつ》を、空に向けてセットする。

今年、火星が大接近《だいせっきん》するという。探してみたけれど、それらしき星は見当たらなかった。

まだ、火星が見える時間ではないようだ。

でも、もし見えるとしたら……。

赤っぽい地表が、燃《も》えているように、ゆらゆらと揺《ゆ》れて見えるはず。酸化鉄《さんかてつ》を多く含《ふく》んだ砂《すな》や岩は、それ自体で光ることはできない。しかし、太陽の光を跳《は》ね返《かえ》して、強い光を発することができる。

想像《そうぞう》するだけで、胸《むね》がぐっと熱くなり、得体のしれない感動がこみあげてきた。

——受験なんて、ちっぽけな気がして……。

「榛名のいうとおりだな……」

望遠鏡がとらえた星を見て、ふと思いつく。

聡はふたたび部屋に戻《もど》り、コードレス電話の子機を手にとると、少したためらってから、湊の部屋の内線電話にかけた。

二回のコールで、湊が出る。

「お兄ちゃん?　どうしたの?」

不思議そうに、問いかけてくる。無理もない。受験に失敗して以来、ろくに口をきいてなかったんだから。

「ベランダに望遠鏡をセットしたから、見てみな」

「本当？」

そういうが早いか、隣《となり》の部屋の窓《まど》がガラリと開いて、湊とかえでがベランダに飛び出してきた。カーテン越《ご》しに、そっと見守る。

「お兄ちゃんが、望遠鏡をセットしてくれたんだって！」

「すごい」

「かえでちゃん、見てみて！　あれ、火星？　火星人って、いるのかなぁ？」

「う〜ん、今のところ生命体は……」

二人のはしゃぎ声が、窓の外から聞こえてくる。

やがて湊は、空に向かって手をふりはじめた。まだ見えない火星に向かって、「おーい」と叫《さけ》んでいる。

「いないかもしれないけど、いるかもしれないんでしょ？　火星人！」

聡は苦笑《くしょう》しながら、湊にもっと星のことを教えてやらないとダメだなと思った。

光る星と、光らない星のことも。

どっちがいいとか、悪いとかじゃない。それは、火星を見ればわかる。いつだって堂々と、美しく輝いているはずだから。

きっと湊が、オレを照らしてくれる。いや、湊だけじゃない。周りにいる一人一人が、オレを照らす光になるかもしれない。

榛名の言葉、信じてみようか。

「湊!」

思いきって窓《まど》を開くと、涼《すず》しい風が吹《ふ》きこんできた。かえでも振《ふ》り返《かえ》って、目を丸くした。

「ちょっと、出かけてくる」

「どこに?」

湊が、首をかしげる。

どこに……? 自分らしく、いられる場所に。

「学校。天文部に入ろうと思うんだ」

「え〜、いいなぁ」

湊が、うらやましそうにいう。

「湊、オレ……」

いろんな思いが押《お》し寄《よ》せてきて、言葉にならない。どう表していいかもわからない。

「お兄ちゃん、ありがとう!」

先にいわれて、息をのんだ。

そっか、そういえばよかったのか。でも、オレにはいえない。湊みたいに、素直《すなお》になれそうにない。

「帰ったら、ご飯を食べるからって……、母さんに、そういっといて」

聡は窓《まど》を閉《し》めると、時計を見た。7時には間に合いそうだ。

オレはオレらしいやり方で、輝《かがや》いてみせる。

暮《く》れゆく町の中、聡は学校に向かって走った。

6．星に願いを

細かい雨が、毎日静かに降《ふ》り続《つづ》いた。しっとりとぬれたアジサイは、鮮《あざ》やかな色でモノトーンの世界を染《そ》めている。

「水野《みずの》さーん！」

名前を呼《よ》ばれて、かえでは傘《かさ》をあげた。

「水野さん、足、速いねぇ」

そういったのは、スクールカウンセラーの真鍋《まなべ》先生だ。

「平均的《へいきんてき》な大人の速度よりは、遅《おそ》いと思います」

かえでがいうと、真鍋先生は目をぱちくりさせて、「そう……」とつぶやいた。

「最近どう？　困《こま》ったことはない？」

困ったこと？　いつ、何について？　かえでは、眉《まゆ》をひそめた。

「もう少し、具体的にいってもらわないと……困るんです」

「え？　わたしが困《こま》らせちゃってる⁉」

先生は、焦《あせ》っておろおろした。

「先生は、困ってないんですか？」

「え？」

「傘《かさ》、穴《あな》があいてます」

かえでは、先生の持っている赤い傘を指さした。一か所やぶれているところがあって、そこからしずくが垂《た》れている。

「わぁ、本当だ！　恥《は》ずかしい～……。水野さんって、しっかりしてるんだねぇ」

「そんなことをいわれたのは、初めてです」

「そっか……」

会話が途切《とぎ》れて、雨が傘に当たる音だけがした。

パチ、パチ、パ、パチン……。

線香花火《せんこうはなび》が、はじけるような音。

会話を続けるのは難《むずか》しい。たいてい、かえでが会話を途切れさせてしまう。

「本当に、困っている人は……」

傘で顔を隠《かく》し、かえでは迷《まよ》いながら口を開いた。発言することで、よけいに相手をいらだたせてしまうこともある。

「困《こま》っているかどうかも、わからないと思います」

真鍋先生が、立ち止まる。

思わずかえでも立ち止まると、先生の目が大きくなっていた。口の両端《りょうたん》があがって、笑顔《えがお》であることを確認《かくにん》すると、少しほっとする。

「なるほどね！　それ、気づかなかったなぁ！」

先生は、「ありがとう！」と手をふって、駅のほうに行ってしまった。


かえでは、いつものように鍵《かぎ》を開けて家に入った。お父さんもお母さんも会社に勤《つと》めていて、帰ってくるのは6時を過《す》ぎてから……のはずなのに。

リビングから、お母さんの声が聞こえてくる。

今日は、在宅勤務《ざいたくきんむ》の日？

最近、お母さんはときどき家で仕事をしている。在宅勤務といって、家で仕事をしていい日があるらしい。リビングでパソコンに向かうお母さんは、家にいても違《ちが》う顔をしている。

でも電話の声は、いつもと同じだった。

「ええ……お母さん、思ったより軽くすんでよかった。でも、やっぱり一人では危《あぶ》ないから心配ね。とりあえず、入院している間は……」

え……？

二階に上がりかけていた、かえでの足が止まった。

入院？

お母さんが「お母さん」というその人は、駅をはさんだ向こう側に、一人で住んでいるおばあちゃんのことだ。

仕事の電話かと思っていたけれど、そうではないみたい。

「じゃあ、また連絡《れんらく》する」

それから、受話器を置く音がした。

「お母さん」

かえでは、リビングに入った。

「あら、帰ってたの？　ランドセルを背負《せお》ったままじゃない。早く、手を洗《あら》ってきなさい」

そういわれても、体が動かない。

「ねぇ、おばあちゃん、どうしたの？　何かあったの？」

「ああ。ちょっと転んじゃって、入院したのよ」

「え、入院？」

かえでは目を丸くした。

「ふらついて、少し頭を打っただけ。念のため、検査《けんさ》入院《にゅういん》したの」

「どこに？」

「下里病院《しもざとびょういん》。でも、お見舞《みま》いなら週末にしなさい。おばあちゃんも、たいしたことないから、来なくていいといってるし」

「うん……」

来なくていいというのなら、それでいいのかなって思う。

でも、かえでの中に、もやもやした不安がうずまいた。

おばあちゃんが「たいしたことない」というときに限《かぎ》って、悪いことが起こる。骨《ほね》にひびが入っていたり、傷口《きずぐち》が化膿《かのう》したり……。おばあちゃんが「たいしたことない」というときは、「たいしたとき」なのだと、かえでは思っていた。

下里病院なら、何度も行ったことがある。

かえでは、部屋にランドセルを置くと、ベッドに座《すわ》って考えた。

小さいころから保育園《ほいくえん》に通っていたかえでのお迎《むか》えは、いつもおばあちゃんだった。夕日の沈《しず》む中、おばあちゃんと手をつないで帰ったことを覚えている。

帰り道、保育園であった、いろいろな出来事をおばあちゃんに話した。

友だちとケンカしたこと。

仲良くできないこと。

それでもおばあちゃんは、「だいじょうぶ、だいじょうぶ。だって、かえではいい子だもの」といってくれた。

それが、どれだけかえでの気持ちを優《やさ》しく包んでくれたかわからない。

かえでは、今すぐおばあちゃんに会いたくなった。


玄関《げんかん》で靴《くつ》を履《は》いていると、「かえで、どこに行くの?」と、リビングからお母さんの声が聞こえた。

「塾《じゅく》」

かえではひと言いって、急いで家を出た。空を見上げて、傘《かさ》をさす。

塾の用意をしているけれど、行くつもりはなかった。

駅に向かい、踏切《ふみきり》を通《とお》り越《こ》すと、下里病院に向かった。傘をさしても細かい雨は避《よ》けられず、しっとりと体をしめらせる。

おばあちゃんに会いたくて、自然と足が速くなった。

駅の反対側は、あまりお店がなくて閑散《かんさん》としている。すぐに、古い家が建《た》ち並《なら》ぶ住宅街《じゅうたくがい》になった。その中に、白い大きな建物が見える。下里病院だ。

ガラスの自動ドアをくぐって、面会受付と書かれたところに行く。

「あの……」

白衣を着た女の人に声をかけたけれど、言葉が続かなかった。

「どうしたの？　誰《だれ》かのお見舞《みま》い？」

女の人が、優《やさ》しく聞いてくれる。ひとつにむすんだ髪《かみ》が、左右に揺《ゆ》れた。

「はい。おばあちゃん……水野幸枝《さちえ》という人が、入院していると思うのですが」

「部屋の番号はわかる？」

聞かれて、かえでは首をふった。

「ちょっと待ってて」

女の人は、名簿《めいぼ》のようなものを調べてくれた。

「ああ、四階の401号室よ。じゃあ、ここに名前と電話番号を書いてくれる？」

かえでは、ノートに書きこんだ。「続柄《つづきがら》」というところを見て迷《まよ》っていると、

「お孫さん？」

と聞かれてうなずいた。

「きっと喜んでくれるわよ」

そういって、女の人はノートに「孫」と書きこんだ。

「面会」と書かれたカードを首にさげ、エレベーターに向かう。

病院独特《どくとく》の匂《にお》い……消毒薬や人の匂いがする。ぴんっと張《は》り詰《つ》めた空気の中に、不安を誘《さそ》うような雰囲気《ふんいき》が漂《ただよ》っていた。

四階でエレベーターを降《お》りると、ナースステーションがあった。そのまま、矢印が書かれた方向に向かうと、どの病室のドアも開いていた。

401という部屋の入り口には、四人の名前が書かれていて、その中に「水野幸枝」とあった。

おばあちゃんだ……。

心を落ち着かせて病室をのぞくと、ベッドが四つ置いてあった。お見舞《みま》いは初めてだから、こんなにたくさんの人と同じ部屋だなんて思わなかった。

一番奥《おく》の窓際《まどぎわ》のベッドに、おばあちゃんが寝《ね》ている。

「おばあちゃん」

声をかけると、おばあちゃんが目を開けた。

「まぁ、かえでじゃないか。どうしたんだい？」

「あの……心配で」

斜《なな》めに掛《か》けたカバンのベルトを握《にぎ》りしめながら、おばあちゃんを見た。

「いやだねぇ、たいしたことないっていったのに」

かえでは、やっぱりたいしたことないなんてウソだと思った。

顔色が悪くて、いつものおばあちゃんらしくない。

でもそういえば、いつものおばあちゃんってどんなだったっけ？

最近、塾《じゅく》が忙《いそが》しくて、何か月も会ってなかった。

「おばあちゃん、ごめんね」

「何がだい？」

ずっと、忘《わす》れてて。

ううん、忘れていたわけじゃないけれど。

白いベッドに寝《ね》ているおばあちゃんは、腕《うで》も足も細くて、体も小さく見えた。

「お母さんに聞いたのかい？」

かえではうなずいた。

「そうかい。たいしたことはないけど、来てくれてうれしいよ。ばあちゃんも年だねぇ。転んじゃってさ。年をとると、足も腰《こし》も弱くなっちゃって」

「そうなの……」

おばあちゃんは、毎日のようにフィットネスジムに通っているし、趣味《しゅみ》で民謡《みんよう》もやっている。元気なイメージしかなかったから、少しショックだった。

そのとき、「あいたたた」と声がして振《ふ》り向《む》いた。

斜《なな》め向《む》かいに寝《ね》ているおばあさんが、スローモーションのように、ゆっくりゆっくりと起き上がっている。

どうしたんだろう……。

おばあちゃんを見ると、「背中《せなか》が痛《いた》いそうだよ」と、こともなげにいう。

隣《となり》のベッドには、元気そうなおばあさんが寝ていた。「夕飯は、なんなの？」と、大きな声で聞いている。看護師《かんごし》が、「お魚ですよ～」といって出ていくと、「なんだって？」と、さらに大きな声で聞き返した。

「耳が遠いと、声が大きくなるものなんだ」

おばあちゃんは、年寄《としよ》りのことならなんでもわかるというようにいった。

今度は、別の看護師がやってきた。

「あら、お孫さん？　偉《えら》いわねぇ」

と、にこにこする。検温《けんおん》の時間のようで、おばあちゃんに体温計を差し出した。

ベッドの周りは狭《せま》いから、かえではそっと抜《ぬ》け出《だ》して、足元のほうに移動《いどう》した。

「お嬢《じょう》ちゃん、そこのお嬢ちゃん」

声のするほうを見ると、おばあちゃんのベッドの向かい側にいる、真っ白い頭の優《やさ》しそうなおばあさんがにっこりと笑った。

わたしのこと？

かえでは、首をかしげた。おばあさんは、ベッドの上で体を少しずつずらしながら、降《お》りようとしている。でも、なんだか大変そうだった。

「あのね、悪いけど、この柵《さく》を外してくれない？」

見ると、どのベッドの横にも柵がしてある。それは、たぶんベッドから落ちないようにするためのもので、降りるときは取り外さないといけないようだ。

「トイレに行きたいんだけど……大変、もれちゃう」

もれちゃうと聞いて、かえではびっくりした。

いわれたとおり、ベッドの横にある柵に手をかけると、簡単《かんたん》に持ち上がった。それを、ベッドの脇《わき》に立てかけた。

「ありがとう。助かったわ」

おばあさんが、ベッドのふちに手をかけて立ち上がる。動きがおぼつかなくて、ハラハラした。ようやくベッドの横に立ったおばあさんが、きょろきょろする。

「あら、おかしい、ないわねぇ。しいちゃん、あれ、知らない？」

しいちゃんって、誰《だれ》？

あれって、何？

かえでは困《こま》った。

「まぁ、いいわ。また、後でゆっくり話しましょうね、しいちゃん」

おばあさんは、スリッパを履《は》いて、すり足で歩き出した。背中《せなか》が曲がっていて、歩くのも大変そうだ。

そして、部屋の出入り口にさしかかったとき、入ってきた看護師《かんごし》が目を丸くした。

「小林《こばやし》さん！　どうしたんですか？」

「ちょっと、トイレに……。もれそうなのよ」

「さっき、おしっこしたばかりだし、立ち歩いてはいけないといわれているでしょう？」

男の看護師がやってきて、おばあさんを支《ささ》えるように、ベッドに連れていく。

その様子を見ながら、おばあさんがもらしてしまうのではないかと、かえでは気が気ではなかった。

「おかしいなぁ、ベッドに固定しておいたはずなのに……」

ブツブツいいながら、看護師がおばあさんのベッドに向かった。

固定？　かえでの胸《むね》が、ドキドキしはじめた。ベッドの上には、太いベルトが放置されて、点滴《てんてき》の針《はり》がむき出しになっていた。

「あ！」

看護《かんご》師《し》はベッドをひと目見て、おばあさんとやってくる男の看護師にいった。

「点滴、とっちゃってます！　すり抜《ぬ》けです！」

点滴……すり抜け……。

おばあさんは点滴をして、動けないようにバンドで巻《ま》かれていたようだ。点滴をとり、バンドをすり抜け……逃《に》げ出《だ》した？

かえでは、ごくっとつばをのんだ。

わたしのせいだ……。

「いやよぉ。トイレに行かないと、もれちゃうじゃない！」

おばあさんは、手足をばたばたさせて、小さい子どものように駄々《だだ》をこねた。

「あ～、また針を入れないと……。疲《つか》れるなぁ」

男の看護師がぼそっといった言葉を聞いて、かえでは、「ごめんなさい……」とつぶやいた。

「かえで、どうしたんだい？」

検温《けんおん》を終えたおばあちゃんが声をかけてきて、かえではあわてて首をふった。まだ騒動《そうどう》は続いていたけれど、なるべく聞かないようにした。

「そんなに驚《おどろ》くことはないさ。人間は、年をとるとだんだん体が不自由になって、誰《だれ》かの世話にならないと、生きてはいけないものなんだよ」

そういって、ため息をつく。

「足はふらふらするし、膝《ひざ》や腰《こし》も痛《いた》い。耳が遠くなり、物覚えも悪くなる。できることが、どんどん少なくなっていく。だから年をとると、子どもに戻《もど》っていくなんていわれるんだよ」

子どもに……。

隣《となり》のベッドからは、「え？　なんだって？」と、大きな声がする。

斜《なな》め向《む》かいのベッドでは、おばあさんが背中《せなか》をさすっていた。

向かいのベッドでは、まだ「おしっこ、おしっこ」と騒《さわ》いでいる。

かえでは、不安で胸《むね》が苦しくなった。

いつかおばあちゃんも、そんなふうになってしまうんだろうか。

「でも、おばあちゃんは、大丈夫《だいじょうぶ》でしょう？」

かすかに、声がふるえる。

「いいや。ばあちゃんだって、そのうちね」

いつもの、元気で豪快《ごうかい》なおばあちゃんじゃなかった。おばあちゃんも、不安なんだ……。それが、かえでにも伝わってくる。

今まで、ずっと助けてもらってきた。

これからも、ずっといっしょだと思っていた。

それなのに……。

「わたし、おばあちゃんといっしょに住む。家事もするし、助けるから」

退院《たいいん》したら、おばあちゃんといっしょに住もう。そうしよう。それしかないと思った。

おばあちゃんがいなくなったら、かえでは誰《だれ》に気持ちを打ち明けていいかわからない。

お母さんもお父さんも、かえでがトラブルを起こすたびに、必ず困《こま》った顔をする。でもおばあちゃんだけは、「大丈夫《だいじょうぶ》」といってくれた。

おばあちゃんがいたから、かえでは今までやってこれたのだ。

かえでのすがるような目を見て、おばあちゃんの顔が泣きそうになる。

町のスピーカーから、5時の音楽が流れはじめた。

「かえでの気持ちは、ありがたいけどねぇ」

そういって、目をぱちぱちと瞬《またた》く。

「かえでに何ができるんだい？　ご飯は作れるかい？　掃除《そうじ》だって満足にできないだろう？　かえでがいると、ばあちゃんが面倒《めんどう》見なくちゃいけないよ」

喉《のど》が、ぐっとつまった。

おばあちゃんのいうとおりだ。

わたしには、何もできない。

かえでは、自分の無力さを思い知った。

気持ちだけあっても、ダメなんだ……。

思いが涙《なみだ》になって、こぼれおちていく。おばあちゃんは、かえでの手を取った。

「かえで、よく聞くんだよ」

おばあちゃんの声が、耳に心地《ここち》よく響《ひび》いてくる。

「かえでの気持ちは、とてもうれしいよ。でもばあちゃんは、まだまだ一人で大丈夫《だいじょうぶ》。いざとなったら、お願いすることもあるかもしれない。でも、それまでは大丈夫だ」

「……本当?」

おばあちゃんが強がっているんじゃないかと、目の中をのぞきこんだ。

「だからかえでだって、無理をすることはないんだ。ばあちゃんじゃなくても、誰《だれ》かがきっと、かえでを助けてくれるさ」

「でも……」

かえではうつむいた。

「わたし、火星人って、いわれたんだ……」

「火星人？」

眉《まゆ》をひそめるおばあちゃんに、かえでは美咲《みさき》のことを話した。

「ふぅん。その子は、かえでと友だちになりたいんだね」

「そうなの？」

「そうだとも。それに火星人というのは、悪い意味じゃないさ」

おばあちゃんのいうとおり、美咲の口調には、意地悪な感じはなかった。

「かえでは、みんなに迷惑《めいわく》をかけたくないと思っているんだろう？ でもね、どんな人でも、いつかは年をとって誰《だれ》かの世話にならなくちゃいけないんだ。だから、かえでも『ごめんなさい』なんていう必要はないんだよ」

おばあちゃん、知ってたんだ……。

いつの間にか、かえでの体にしみついていた癖《くせ》。

失敗したとき、怒《おこ》った顔を見たとき、「ごめんなさい」と口からこぼれ出てしまう。相手に届《とど》くときもあるし、届かないときもある。それでも、いわずにはいられなかった。

ごめんなさい、ごめんなさい……。

ダメな子で、ごめんなさい。

「ほら、周りを見てごらん。みんな、助けてもらっているだろう？」

いわれて顔をあげると、さっきとは違《ちが》う世界が見えた。

「夕飯はなんなの？」と尋《たず》ねていたおばあさんの横に、息子《むすこ》さんらしき人が座《すわ》って「今日は魚だって。母さんの好きなサバだよ」と、大きな声で教えている。

斜《なな》め前《まえ》のおばさんは、車椅子《くるまいす》に乗せられて、「リハビリに行きましょう」とボランティアのおばさんに押《お》されて出ていった。

向かい側のおばあさんは、看護師《かんごし》を「しいちゃん」と呼《よ》びながら、「ごめんね、お手玉をお便所に落としちゃったのよ」と、楽しそうに話している。

かえでは、おばあちゃんを見た。

「ばあちゃんだって、かえでに助けられている。かえでが来てくれて、うれしかったぁ」

おばあちゃんの目から、大粒《おおつぶ》の涙《なみだ》がこぼれおちた。

「だからかえでも、遠慮《えんりょ》しないで、たくさん助けてもらいなさい」

かえでは迷《まよ》ったけれど、おばあちゃんの顔を見てうなずいた。

「よかった。それなら、ばあちゃんは安心だよ」

「おばあちゃん、死んじゃうの？」

「まさか！　やりたいことが、たくさんあるからね。まだまだ死ねないさ」

あわてていいながら、指折り数えはじめる。

「まず、かえでと原宿《はらじゅく》に行くだろう？　かえでとロックのコンサートに行く」

「わたしのことばっかり」

「仕方ないよ。あたしゃ、かえでが好きなんだ。でも、かえでとのことばかりじゃないよ」

おばあちゃんは胸《むね》をはって、「これは、無理かねぇ」といいながら、

「富士山《ふじさん》に登りたい」

といった。

「富士山って……。足腰《あしこし》が痛《いた》いのに？」

「昔から、一度登ってみたかったんだよ。でも、思っているうちに、時間だけが過《す》ぎてしまった。かえでは、そんなことのないようにしなさい。自分で決めて、後悔《こうかい》しないように生きるんだ」

かえでは、ゆっくりと深呼吸《しんこきゅう》をした。

おばあちゃんの言葉を繰《く》り返《かえ》し、いつでも取り出せるよう、心の奥《おく》にしまい込《こ》む。

「かえでは、人と違《ちが》うことに悩《なや》んでいるかもしれないけれど、これからは、人と違うということが大切な時代になる」

おばあちゃんは、ひと言ひと言、かみしめるように続けた。

「自分を好きになれるのなら、地球人でも火星人でも、どちらでもいいんだよ」

かえではうなずいて、病院を後にした。


帰り道、雨はやんでいた。

川沿《かわぞ》いの道を歩いていると、川の向こう側から「かえでちゃーん！」と、声がした。湊《みなと》が傘《かさ》を振《ふ》り回《まわ》して、声を張《は》り上《あ》げている。

橋を渡《わた》り、走ってこちら側にやってきた。

「かえでちゃん、どうしたの？」

聞かれて、かえでは、おばあちゃんのことを話した。

「えーっ、入院!?　大丈夫《だいじょうぶ》なの？」

湊も、おばあちゃんのことはよく知っている。

保育園《ほいくえん》のころは、おばあちゃんと湊のお母さんと、四人で帰ったこともあった。

「ぼくはね、たからやに行ってきたんだ」

「たからや？　おばあさん、怖《こわ》くなかった？」

「ううん、ぜーんぜん！　ぼく、たからやのおばあちゃんと、仲良くなったんだ。新聞、読んであげてるの！」

「へぇ、新聞……。湊、読めるの？」

新聞には、難《むずか》しい漢字がたくさん出てくる。

「読めるよ。わからない漢字、全部飛ばしているけど。それでもおばあちゃん、『目が見えにくいから助かる』って、いってくれるんだ」

「そうなんだ」

うれしそうな湊を見ていると、かえでもうれしかった。

「たからやのおばあちゃんね、かえでちゃんのおばあちゃんの同級生だったんだって」

「ウソ。知らない……」

そんな話は、聞いたこともなかった。

そういえばあの二人は、どことなく似《に》ているかもしれない。

かえでと湊は顔を見合わせて、ぷはっとふきだした。

しばらく歩くと、小さな子たちのはしゃぎ声が聞こえてきて、保育園《ほいくえん》の前で足が止まった。

夕暮《ゆうぐ》れの保育園は、なんだかなつかしい。

見上げるほど高かったのぼり棒《ぼう》も、探検《たんけん》するほど広かった園庭も、お城《しろ》みたいに大きかった建物も、今見るとこぢんまりしている。

湊もなつかしそうに、目を細めて見ていた。

あのころ、ここが世界のすべてだった。

ちょうどお迎《むか》えの時間で、門は開かれ、自転車に乗ったお母さんやスーツを着たお父さん、おじいちゃんやおばあちゃんと子どもたちが入《い》り乱《みだ》れている。

近くで、子どもがびえーと泣き出した。

「さえちゃん、どうしたの？」

先生が、かがんで聞いている。

「だって、だって、さえちゃん、バイバイ嫌《きら》いなんだもーん！」

ああ、わかるな、とかえでは思った。

かえでも、夕方の雰囲気《ふんいき》が寂《さび》しくて、バイバイといいあうのが嫌《きら》いだった。

また明日、なんていうけれど、必ず明日が来ると、誰《だれ》が保証《ほしょう》してくれるのか。明日なんて、もう来ないんじゃないかと、毎日が不安だった。

いろんな子がいる。

泣きじゃくって、お母さんのお腹《なか》をたたいている子。飛《と》び跳《は》ねながら、奇声《きせい》をあげている子。大きな声で、泣いて、笑って、怒《おこ》って、思うがままに生きている。

中にいるときは、わからなかった。

外から見て初めて、人はそれぞれ違《ちが》うんだと気づく。

いろんな個性《こせい》を持った子たちがいっしょにいるということが、とても自然に思えた。

そのとき、ある思いがパンッとはじけて、体中にじんわりと広がっていった。

ダメな子なんて……、一人もいない。

「みんな、かわいいね」

湊も、にこりと笑う。

それからまた、川沿《かわぞ》いの遊歩道を、湊と並《なら》んで歩いた。

雨の気配を押《お》しのけて、もわっとした夏の匂《にお》いが広がっている。そろそろ、梅雨明《つゆあ》けかもしれない。

沈《しず》みかけた太陽が、雨のつぶに反射《はんしゃ》して、世界を金色に輝《かがや》かせた。

水たまり、草、木、金網《かなあみ》、家、遊具……。

町中が、きらきらと光っている。

ゆるやかに流れる川から、こぽこぽと優《やさ》しい音がして、小さな魚が飛《と》び跳《は》ねた。

美しいな……と、かえでは思う。

嫌《いや》なこともあるけれど、恐《おそ》れてうつむいてばかりいたら、美しいものも見失ってしまうだろう。

今のわたしは、今日バイバイしても、明日が来ることを知っている。

「見て、星だ！」

湊が、空を指さした。

どこ？　まだ明るいのに、湊には星が見えるんだろうか。

「わたし……、火星人かもしれない」

かえでは、思いきって打ち明けた。湊はどう思うだろう。

すると湊は、「えー、ずるーい！」と、ほおをふくらませた。

「だったらぼくは、土星人！」

そういって、飛《と》び跳《は》ねる。うれしくて、かえでもまた空を見上げた。

「火星の大接近《だいせっきん》まで、あとちょっとだね」

いったい、何が起こるのか、起こらないのか。

もし起こるなら、奇跡《きせき》が起きてほしい。何もかもがよくなるような奇跡が。

「じゃあ、星に何かお願いしよう！『星に願いを』っていう歌、かえでちゃんも好きだよね」

そういえば、保育園《ほいくえん》のときに歌ったっけ。

湊が、空に向かってパンパンッと柏手《かしわで》を打つ。まるで、神社みたい。

「星、願いなんて聞いてくれるかなぁ？」

首をかしげながら、かえでも両手を合わせる。

どうしよう……。なんて、お願いしよう。
目をつぶり、迷《まよ》いながら、ひとつの願いにたどりつく。
――どうか、おばあちゃんが長生きしますように。
かえでは、そうお願いをした。

7. 火星に一番近い場所

空が、近い。

富士山《ふじさん》の五合目。

濃《こ》いブルーに浮《う》かぶ白い雲が、手の届《とど》きそうなほどすぐ近くに見えた。

富士登山ツアーの参加者が、いくつかのグループに分けられる。

「これからわたしたちが向かうのは、吉田《よしだ》ルートというコースです。ゆっくり行きますから、はぐれないようにしてください。途中《とちゅう》で気分が悪くなったり、けがをしたりした人は、遠慮《えんりょ》なくいってください」

かえでたちのグループについた登山ガイドは、木島《きじま》というおじいさんだ。日焼けした顔には笑いじわがあり、背中《せなか》もちょっと曲がっている。

みんなの顔が、ふわっとなごんだ。

優《やさ》しく声をかけられたからではなく、こんなおじいさんにも登れるなら、自分たちも大丈《だいじょう》

夫《ぶ》だろうと安心したからだ。

夏休み前、さまざまなプリントが学校で配られた。山や海での自然体験やキャンプ。その中の一枚《まい》が、かえでの目に留《と》まった。

「小中学生募集《ぼしゅう》！　富士登山ツアー」

お父さんがいっていた、ハワイのマウナケアを思い出した。

マウナケアは標高４２００メートル以上ある。でも富士山だって、３７７６メートルもあるのだ。

七月の終わり、火星が地球に大接近《だいせっきん》する。

富士山は日本で一番高い山なのだから、大接近する火星を、日本一近くで見られる場所だと思った。

かえでは湊《みなと》と相談し、お父さんとお母さんを説得した。そして最終的には、湊の兄の聡《さとし》もついていくという条件《じょうけん》で、参加することが決まった。

標高約２３００メートルの富士山五合目まではバスで行く。バスの集合場所には、かえでと同じクラスの美咲《みさき》もいた。

美咲は、かえでと湊が富士登山ツアーの相談をしていたときに割《わ》り込《こ》んできた。

「何それ、おもしろそう！」

そういって、本当にツアーに申《もう》し込《こ》んでしまったのだ。

美咲は山ガールの見本のように、おしゃれな新品の登山用品で身を固めてきた。

そして、出発時刻《じこく》ぎりぎりになって、和樹《かずき》がやってきた。バスに乗り込んできて、初めて同じツアーに申し込んだことを互《たが》いに知った。

「なぁなぁ、どうしておまえら参加してんの？　水野《みずの》と倉沢《くらさわ》と岩瀬《いわせ》ってメンバー、ありえなくね？」

バスの中で、和樹は何度もそういった。かえでと美咲だって、まさか自分たちのほかに、同じクラスの人が同じ日に申し込むなんて予想もしていなかった。

しかも和樹は、一人で申し込んでいる。

「和樹くんも登るんだね！　うれしいね、かえでちゃん！」

湊は、不思議に思うことなくはしゃいでいた。そして、なんのためらいもなく聞いた。

「もしかして、和樹くんも火星を見るため？」

まさか、と思っていたら、

「お、そっちも？」

と答える和樹に、かえでは目を見開いた。

「参加するの迷《まよ》ってたんだけど、真鍋《まなべ》先生にめっちゃすすめられてさぁ」

「真鍋先生？」

「あ、スクールカウンセラーの？」

美咲と湊が、首をかしげた。

「うん。そしたら、母ちゃんまで乗り気になって……だったら、この日にしようって決めたんだ」

今日は、前々からずっといわれている、火星と地球が大接近《だいせっきん》する日だ。

それにこだわって参加する人がほかにもいたなんて、かえでは思いもしなかった。

「真鍋先生って、変だよね」

「うん、相談室の入り口に、『困《こま》ってない人もきてください』なんて書いちゃって」

「意外と寂《さび》しいんじゃねーの？」

美咲と湊が真鍋先生の話題で盛《も》り上《あ》がると、和樹もそれに加わった。

それから、バスが富士山五合目に到着《とうちゃく》し、お土産屋《みやげや》さんを見て回ったり、景色を眺《なが》めたりした。体を慣《な》らすためというけれど、地上と違《ちが》うところといえば、少し涼《すず》しいくらいのことだ。

家を出たときは、30度近い暑さだったのに、五合目に着くと18度になっていて上着を羽織《はお》った。

「かえでちゃん、ほら、太い棒《ぼう》が売ってるよ！」

五合目のお土産屋《みやげや》さんはにぎわっていて、いろんなものが売られている。その中には、仙人《せんにん》が持っていそうな太い杖《つえ》まであった。

「こら、湊、あまりはしゃぐな。登る前に体力がなくなるぞ」

走り回ろうとする湊の腕《うで》を、聡がつかんだ。

そして、一時間後。

集合の号令がかかった。

木島というおじいさんを先頭に、かえでたちのグループは歩きはじめた。とたんに、木島の背中《せなか》がしゃきっと伸《の》び、足はすっすっとスムーズに動きはじめた。

みんなは呆気《あっけ》にとられながら、見た目で判断《はんだん》するのは間違《まちが》いだと気づき、あわてて後についていった。

富士山は二〇一三年に世界文化遺産《せかいぶんかいさん》に登録されたせいか、外国人もたくさんいた。中には、T《ティー》シャツにスニーカーという軽装《けいそう》の人もいてびっくりする。

かえでは、この日のために登山靴《とざんぐつ》を買ってもらった。とりあえず、パンフレットに書かれていた装備《そうび》はしてきたけれど心配だ。聡や湊もやる気は満々だけれど、富士登山どころか、遠足以外の登山をするのも初めてだった。

五合目から山頂《さんちょう》は、すぐそこに見えるような気がした。下を見ると、遠くに山中湖《やまなかこ》や河口湖《かわぐちこ》が見えて、見晴らしがいい。足取りは軽く、湊はずっとしゃべっていた。ほかの人たちも、日本一の山に登っていることに興奮《こうふん》し、話し続けている。

ふだん運動をしていなかったかえでは、この日のために、隣《となり》の駅にある塾《じゅく》まで歩いて通った。最初はしんどかったけれど、だんだんと慣《な》れてきて、体力がつくのを感じた。湊も、富士登山をすると決まってからは、聡と毎朝ウォーキングをした。

思っていたよりも道がなだらかで、一行の足取りは快調《かいちょう》だ。この調子だったら、あっという間に着いてしまうんじゃないかと誰《だれ》もが思った。

「はい、じゃあ、ここでひと休みしましょう」

木島の言葉に、みんなが、「え、また?」という顔をした。

誰かが疲《つか》れたといったわけでもないし、そんなに険《けわ》しい道でもない。それなのに、木島のペースはゆっくりだし、休憩《きゅうけい》も多すぎる。その間に、後からきた登山者に、どんどん追《お》い抜《ぬ》かれていった。

「え〜、もっと先に行こうぜぇ」

後ろのほうで、和樹が文句《もんく》をいっている。

和樹のいうとおりだ……。

かえでは、もっと進みたかった。木島の横をすりぬけて、こっそり前に進もうとすると、ぐっと腕《うで》をつかまれた。びっくりして、思わず振《ふ》り払《はら》う。

「休むにも、理由があるんですよ」

木島は、かえでの態度《たいど》をものともせずに優《やさ》しくいった。

湊の手も伸《の》びてきて、かえでは仕方なく休んだ。

その後も、木島はたびたび休憩《きゅうけい》を入れた。かえではイライラを抑《おさ》えるために、飲み物やチョコや飴《あめ》を口にした。

「かえでちゃん、これ。ママから」

湊が、レモンやうめぼしを差し出してくる。

「オレはいい」と、聡はうんざりした顔をした。

「じゃあ、わたしもらう」

美咲が手を伸ばして、ぽいっと食べると口をすぼめた。

「く～、すっぱ！　でも、こういうところで食べると、体中に効《き》く感じ！」

そういって、はしゃぎまわる。

和樹は、少し離《はな》れたところで休んでいた。知らない人に、火星の話をしている。

さらに、登っていく。

六合目までは、楽勝だった。

ところが、六合目を過《す》ぎたあたりから、周りの景色ががらりと変わった気がした。砂利道《じゃりみち》は歩きづらく、石の階段《かいだん》は疲《つか》れる。

かえでがツアーに参加したいといったとき、お父さんは「どうして富士登山なんか？」と、不思議そうな顔をした。「何もないし、疲れるだけだぞ」とも。

かえでには、「何もない」の意味がわからなかった。かえでの目的はあくまで火星であって、山登りはその過程《かてい》でしかない。だから、何もなくてもかまわないと思っていたけれど……。

今、やっと「何もない」の意味がわかった。学校で行った遠足の山登りとは、明らかに違《ちが》う。本当に、何もないのだ。

山登りといえば、木や花や小川といった自然の中を歩くイメージがある。でも、富士山は違った。石、岩、砂《すな》と砂利、そしてところどころにわずかに生えている草のみ。歩いても歩いても、景色はたいして変わらない。殺風景で、単調な景色が続く。

荒涼《こうりょう》とした……火星のよう。

「あれは、八ヶ岳《やつがたけ》と奥秩父《おくちちぶ》の山です」

木島が、雲の向こうにかすかに見える山を指さした。それくらいしか見るものがなく、気を遣《つか》ってくれているのだろうけれど、遠くの山を眺《なが》めるほど余裕《よゆう》のある人は少なかった。

七合目が近くなると、大きな岩と岩を乗《の》り越《こ》えるように登った。ロープを伝って登るところもあり、一歩一歩、足にぐっと力を入れて登らなくてはいけない。岩を越えるたびに、太ももが張《は》って痛《いた》かった。

山小屋が何軒《なんげん》かある場所で休憩《きゅうけい》すると、足がずっしりと重くなっていた。あっちこっちで「く〜」「うぅ〜」と悲鳴があがり、足をもんだりたたいたりしている。

しかし、本当にきついのはそれからだった。七合目を過《す》ぎても岩場は終わらず、さらに傾斜《けいしゃ》はきつくなる。土と違《ちが》って、砂利《じゃり》や岩の上を歩くのは、想像《そうぞう》以上に体力を消耗《しょうもう》する。

「大股《おおまた》で歩かないで」

「脚《あし》を開いて、一気に登ろうとしてはダメですよ」

木島がマメに声をかけてくる。その的確《てきかく》なアドバイスが、かえでたちを助けてくれた。もう、誰《だれ》も早く行こうなんていう者はいなかった。はぁはぁという、息遣いだけが聞こえてくる。

ここにきて、どうしてしょっちゅう休憩が入れられたのか、かえでにもわかった。息遣いが荒《あら》くなっているのは、疲《つか》れているせいだけじゃない。登るたびに、どんどん空気が薄《うす》くなっているのだ。

富士登山に慣《な》れていない者が一気に登れば、その息苦しさに耐《た》えられないだろう。

それなのに、わたしは先に行こうとしたんだ……。

休憩《きゅうけい》しているとき、かえでは木島をじっと見た。

首をかしげる木島に、「ごめんなさい」といいかけて、「さっきは、ありがとうございました」といいなおした。木島は「疲《つか》れたら、いつでもいってください」と、にっこり笑った。

今思えば、五合目で過《す》ごした一時間も、大きな意味があったのだ。ただお土産《みやげ》を見ていただけなのかと思ったけれど、あの時間を過ごさずに登っていたら、慣れない体でもっときつかったはずだ。

それからもうひとつ、かえでたちを苦しめたのは、激《はげ》しい温度差だった。100メートル登るたびに、0・6度下がるという。さらに風が吹《ふ》くと、体感温度はもっと低くなる。

パンフレットに「簡単《かんたん》に着脱《ちゃくだつ》できる服装《ふくそう》」と書いてあった。歩いているときは熱くて汗《あせ》をかくのに、休憩すると、とたんに汗が冷えて寒くなる。フリースやウインドブレーカーを重ね着して、寒さをしのいだ。

下を見ると、登山道を人が埋《う》め尽《つ》くしているし、上を見ると、人の道がくねくねと続いている。ゴールのない道を、大勢《おおぜい》の人がひたすら歩いているような錯覚《さっかく》を覚えた。

体を投げ出すように座《すわ》りながら、湊は空を見上げた。鼻の頭にうっすらと汗《あせ》をかいている。

「今夜、晴れなかったらどうしよう」

天気予報《てんきよほう》では、曇《くも》りだった。でも、山の天気は変わりやすいからと、木島は気楽にいっている。木島にとっては、夏の間に何度も同行するツアーのうちのひとつにすぎないだろうけど、かえでたちにとっては、富士登山なんて一生に一度かもしれないのだ。

「おい、不吉《ふきつ》なこというなよ」

聡が、湊の頭をつついた。

「恥《は》ずかしいんだぞ、これ」

聡と湊のリュックには、てるてる坊主《ぼうず》が三つずつぶらさがっていた。

「だって、星が見えなかったら、登ったのが全部無駄《むだ》になっちゃう」

湊が、涙《なみだ》ぐむ。湊にとって、聡は心強い存在《そんざい》であると同時に、唯一《ゆいいつ》甘《あま》えられる存在でもある。

「バーカ。たとえ雨が降《ふ》ったって、やったことに無駄なんて、ひとつもないんだよ」

「あ、お兄ちゃん、今バカっていった！　ぼくのことバカっていったらダメだって、ママがいってたでしょ！」

まだこんなに力があったのかと思うくらいの勢《いきお》いで立ち上がった湊は、聡に向かっていこうとした。

「あ、ごめん、悪かった！　やめろってば」

聡は、かえでの後ろに回《まわ》り込《こ》んで隠《かく》れた。

「無駄《むだ》なんてひとつもないって、すっごくいい言葉ですね！」

美咲が、胸《むね》に手をあてて感激《かんげき》している。

聡の顔が、真っ赤になった。無意識《むいしき》に出てきた言葉とはいえ、改めていわれるとすごく恥《は》ずかしい。受験に失敗したときは、すべての勉強が無駄だったと思ったのだから。

そういえば、あのとき。

「このままでいいの⁉」という、榛名《はるな》のたったひと言で変われたのだと思い出した。あのおかげで、つまらないプライドを捨《す》てられた。

もちろん、そんなことは榛名にいってないけれど。

いっしょに天文部に入ったものの、いまだによくケンカをする。

すると、「倉沢と榛名って、仲がいいよなぁ。つきあってんの？」とからかわれる。そんなとき、聡は黙《だま》っているけれど、榛名はくってかかる。

「そんなわけないでしょ！　こんなっ……」

あのとき、たしかにそういった。いいかけて、オレの顔を見ると、榛名は黙《だま》り込《こ》んだのだ。

「こんな……」の後に続く言葉が気になる。

すごく気になる。

「こんな」の後に続く言葉なんて、ろくなもんじゃないに決まっている。

その後、榛名に何度も問《と》い詰《つ》めたけれど、「忘《わす》れた」といってごまかされたっけ。

嫌《いや》なことを思い出した……。

「出発しまーす」

木島の掛《か》け声《ごえ》で、みんなが立ち上がる。

聡は、はぁっと大きなため息をついて、湊の首に手をまわし、「行くぞ」といった。

「いってぇ！　マメができて、歩けねぇ！」

そう叫《さけ》んだのは、和樹だ。木島が駆《か》けつけて、靴下《くつした》を脱《ぬ》がせてテーピングしている。

「もうちょっとですけど、がんばれますか？」という木島に、「さっきから、もうちょっとって、いったいいつまでだよっ」と、つっかかっていた。

かえでは心配になった。

最近おとなしかったけれど、今の和樹は、なんだかイライラしている。

「何、あれ。かえでちゃんのクラスの子だろ？」

聡が、かえでに話しかけた。うなずくと、ますます顔をしかめた。

「富士登山に、スニーカーなんて履《は》いてくるやつが悪いんだ。ふだんから甘《あま》やかされてるから、ああなるんだよな」

ほかの人たちも、そんな目で和樹を見たり、ひそひそ話したりしている。

かえでは、非難《ひなん》の目が自分に向けられているように感じた。

おそらく和樹は、小さいころからいろんな場面で、そんなことをいわれ続けてきた。こんな目で見られてきた。わたしのように。

公園で、スーパーで、学校で。

自分でも抑《おさ》えきれない感情《かんじょう》を持《も》て余《あま》し、その言動に眉《まゆ》をひそめられてきた。それでますます自分が嫌《きら》いになって、ダメな人間だと思って、自分を責《せ》めて……。

「和樹は、甘やかされてたわけじゃない！」

そういったのは、美咲だった。聡を押《お》しのけ、和樹のところへ向かうと、「あんた、もうちょっとがんばりなさいよ！」と怒鳴《どな》った。

「なんだよ。おまえに関係ねーだろ」

「関係ある！　わたしだって……苦しいのを、我慢《がまん》してるんだから！」

「はぁ？　何いってんの、おまえ」

和樹は、眉をひそめた。

「……空気が、薄《うす》くて、息が、苦しい。この感じ……喉《のど》に、何かつっかえてるみたいで……」

そういってる間にも、美咲の呼吸《こきゅう》は浅くなっていった。目の端《はし》に、涙《なみだ》が浮《う》かぶ。

はっ、はっ、はっ……。

叫《さけ》んでしまいたかった。そんなことをしても楽にならないと、頭ではわかっているけれど、叫びたい衝動《しょうどう》を抑《おさ》えるのは、美咲にとって大変なことだった。

「……大丈夫《だいじょうぶ》か？」

和樹は伸《の》ばしかけた手を、宙《ちゅう》で握《にぎ》りしめた。

何もできない。何もしてやれない。

あいつは、一人で戦うしかないんだ。

そう思ったら、和樹は自分が情《なさ》けなくなった。立ち上がると、さっきまでしびれるように痛《いた》かった足が、テーピングのおかげでずいぶん楽になっていた。

和樹は、にらむように美咲を見た。

「岩瀬、しっかりついてこいよ」

リュックを背負《せお》いなおすと、和樹はくいっとあごをあげた。怒《いか》っていた美咲の肩《かた》が、ふっと下がる。同時に、呼吸も落ち着いていった。

「すんませんでした」と木島に頭を下げて、和樹が歩き出す。

湊が、聡の袖《そで》をそっと引《ひ》っ張《ぱ》った。

「和樹くんだって、がんばってるんだよ」

湊の言葉に、聡はハッとした。

和樹が身に着けているものは、靴《くつ》も、リュックも、服も、使い古されたものばかりだ。聡は、自分の新品の登山靴《とざんぐつ》を見下ろした。これは、親が買ってくれたもの……。自分が稼《かせ》いで買ったわけじゃない。

「……だよな。みんな、がんばってるよな。オレ、あいつにチョコあげてくる」

聡は、和樹と美咲のところに行くと、チョコの包みを差し出した。美咲が笑いながら、和樹の背中《せなか》をたたいている。和樹は、照れたように頭をかいた。その目から、イライラや怒《いか》りは消えていた。

かえでと湊は、顔を見合わせて微笑《ほほえ》み合《あ》った。

「あんなふうに……」

湊が笑う。

「みんなが、優《やさ》しかったらいいのにな」

かえでもうなずいた。

困《こま》っていても、目に見えないと、気づいてもらえない。

すごくがんばっているのに、そう見られない人はつらい。周りの人たちの助けによって、救われる人もいる。たくさんいる。

「行こう」

かえでが歩き出し、湊も後を追った。

途中《とちゅう》で、恐《おそ》れていた雨が降《ふ》り出《だ》して、雨合羽《あまがっぱ》を着た。あたりが煙《けむり》のような霧《きり》に覆《おお》われて、景色が白くにごる。容赦《ようしゃ》なくぶつかってくる冷たい雨に、凍《こご》えそうだった。急斜面《きゅうしゃめん》の岩場で、何度も足が滑《すべ》りそうになる。

かえでたちは星を見るのが目的だけれど、ほかの人たちは、富士山頂《ふじさんちょう》から見るご来光《らいこう》が目的だ。

日本一高い山から、日の出を見る。

それがツアーのメインテーマだけれど、天気ばかりは予想がつかない。特に山の天気は変わりやすく、日の出が見られるかどうかは、運に頼《たよ》るしかないと木島はいった。

でも、これではだめだろうという雰囲気《ふんいき》が、雨よりもずっしりと重くのしかかってくる。寒さと疲《つか》れに加えて、精神的《せいしんてき》にも追《お》い詰《つ》められた。こんなにつらいなら、やめておけばよかったと、誰《だれ》もが思いながら足を引きずった。

みんな無言のまま、顔を下に向けて進む。

とにかく、足を前に出すことだけを考えた。何時間歩いたのか、あとどれくらいあるのかも、よくわからない。

お父さんの警告《けいこく》を無視《むし》したことを、かえでは後悔《こうかい》した。でもすぐに、「自分で決めなさい」というおばあちゃんの言葉を思い出した。自分で決めたことだから、誰《だれ》のせいにもできない。

遠くから見たらあんなに雄大《ゆうだい》で美しい富士山なのに、実際《じっさい》に登ると、こんなにも味気なく険《けわ》しい山だなんて……。

永遠《えいえん》に続くんじゃないかと思うような石の階段《かいだん》が続き、もう限界《げんかい》だと思ったところで、山小屋が見えてきた。

「お疲《つか》れさまでした。八合目の山小屋に着きました。こちらで食事と仮眠《かみん》をとって、夜中に山《さん》頂《ちょう》を目指します」

木島の言葉に、全員がはぁっと息をついた。その場にへたり込《こ》む者もいる。

「雨なのに、まだ登るんですかぁ?」

誰かのひと言で、ふたたび木島に注目が集まる。

「はい。山の天気はわかりませんから。山頂に着くまでは、あきらめずに行きましょう」

時計を見ると3時半で、昼食を食べたにもかかわらず、みんなお腹《なか》がぺこぺこだった。

山小屋に入って、雨具を脱《ぬ》ぎ、荷物を置いた。

山の上では水が貴重《きちょう》なため、風呂《ふろ》には入れない。部屋はほかのグループの人と相部屋で、手足を伸《の》ばして寝転《ねころ》がるなんてこともできなかった。

「あー、疲《つか》れた！　もう、死ぬかと思ったよ」

美咲が大げさにいう。部屋は男性《だんせい》と女性に分かれていて、かえでと美咲の二人になった。

「ほら、わたしが来てよかったでしょう？　わたしがいなかったら、水野さん一人だもん」

美咲が、胸《むね》をはる。

「……ひとりぼっちは、慣《な》れてるから」

かえでが返すと、美咲はムッとして、次の瞬間《しゅんかん》ふきだした。

「水野さん、相変わらずだねぇ。そんなに一人が好きなの？」

かえでは考えた。一人が好きだ……と思っていた。でも、おばあちゃんと話してから、そうでもないかもしれないと思いはじめている。

「わからない」

と答えると、美咲はますますおかしそうに笑った。

「ここ、ちょっと人口密度《じんこうみつど》が高いよね」

いろんな人がわさわさいて、それでなくても薄《うす》い空気が、もっと薄く感じられる。美咲は落ち着かないというように、何度も深呼吸《しんこきゅう》をした。

しばらく休んで、かえでと美咲が階段《かいだん》を下りていくと、夕食の用意がされていた。

夕食は、ハンバーグ付きのカレーライスだ。プラスチックのお皿に、ごはんにのせられたハンバーグとカレーが盛《も》られている。お腹《なか》がすいているから、「いただきます」のあいさつの後、かえではものすごい勢《いきお》いで食べはじめた。

ふと見ると、隣《となり》に座《すわ》っている湊の手が止まっている。

「どうしたの？」

のぞきこむと、顔色が悪かった。

「なんか、食べたくなくて……」

そういって、スプーンを置いてしまった。

「え〜、もったいないなぁ。ここじゃあ、食べ物も貴重《きちょう》なんだぞ」

自分の分をたいらげた聡は、湊のカレーを自分の前に置いて食べはじめた。

「木島さんにいったら？」

かえでがいっても、湊はただ首をふるだけだった。

「大丈夫《だいじょうぶ》。休めば、よくなると思うから」

ぐったりしている湊は、一人で二階に上がっていった。

みんなも疲《つか》れきっていて、食べ終わると、すぐに部屋に引き上げた。

「わたしたちも休もう」

美咲といっしょに、かえでは女性《じょせい》の部屋に戻《もど》った。


まだ6時だったけれど、今から眠《ねむ》って、夜中の12時に出発することになっている。

しかし部屋に入って、その人の多さにびっくりした。着いたときよりも、さらに人が増《ふ》えている。もう横になっている人もいるけれど、ほとんどの人は荷物を開けたり詰《つ》めなおしたりしながら、談笑《だんしょう》していた。

「ここで、寝《ね》るんだよね……？」

美咲は確認《かくにん》するように、かえでに聞いた。

部屋いっぱいに敷《し》き詰《つ》められた寝袋《ねぶくろ》に、一人ずつ入って寝るらしい。もちろん、着替《きが》えなんてしない。まったく知らない人が、すぐ隣《となり》に寝るというわけだ。

「あ、だめ……。窒息《ちっそく》するかも」

美咲のいうとおりで、かえでもうなずいた。これでは、眠れそうにない。

かえでと美咲は部屋のすみに座《すわ》って、互《たが》いのお菓子《かし》を広げた。

「なんか、とんでもないところに来ちゃったね」

そんなふうにいいながらも、美咲はこの状況《じょうきょう》をおもしろがっているように見える。かえでも同じ気持ちだったけれど、どういっていいかわからなかった。

「水野さんは、好きな人とかいないの？」

「え⁉」

いきなりいわれて、かえでは体ごと跳《と》び退《しさ》った。後ろにいた人にぶつかって、「すみません」と謝《あやま》る。

「やだ、びっくりするなぁ。何、そのリアクション。こんなときの話題といったら、恋《こい》の話しかないでしょ？」

「そうなの……？　でも、わたしはいない」

慎重《しんちょう》に、言葉を選んだ。

家族は好きだし、湊のことも好きだ。でも、たぶんそういうことを聞かれているのではないだろう。

「なぁんだ」

美咲が、おもしろくなさそうな顔をする。

「い、岩瀬さんは？」

「わたし？　わたしはねぇ……」

思わせぶりに、にやにやと笑う。そして、かえでの耳元に口を寄《よ》せた。

「入江《いりえ》和樹が、気になってる」

「えー!」

またもや大きな声が出て、美咲に「しー!」といわれた。

「どうして、いちいち驚《おどろ》くのよ」

「だって……」

教室で二人が話しているのを、ほとんど見たことがない。

「わたしも意外だったんだけどね」

いいながら、美咲は顔を赤らめた。

「さっき、ドキッとしちゃったんだ。『しっかりついてこいよ』っていわれたとき」

「……それだけ?」

「悪い?」

美咲はムッとした。

「ま、恋《こい》をしたことがない水野さんには、わからないかもしれないけどねぇ。人を好きになる瞬間《しゅんかん》なんて、そんなものだよ」

「そうなんだ」

かえでは、美咲の言葉に感心した。

「わたしは、誰《だれ》かを好きになる自信、ないな」

「どうして？」

「だって、相手の気持ちとか、わからないし……」

すると、美咲はきゃははと笑い出した。

「好きな人の気持ちなんて、わかるわけないじゃん！　だから、恋《こい》なんだよ」

「そうなの？」

かえではびっくりした。じゃあ、恋をすると、みんなわたしと同じようになるの？

「恋をすると、冷静じゃなくなるからさ。よけいなことをいったりやったりして、落《お》ち込《こ》んで……。ますます、相手のことがわかんなくなっちゃうの」

「じゃあ、わたし、いつも恋をしてるのかな……」

「何それ、ウケるんだけどぉ～」

美咲が、お腹《なか》を抱《かか》えて笑い転げるから、部屋にいる人たちが振《ふ》り向《む》いた。

「お腹が痛《いた》い……」なんていいながら、やっと笑い終えると、美咲はぐっと顔を寄《よ》せてきた。

「やっぱり、水野さんっておもしろい。わたし、友だちになりたいな」

「…………」

胸《むね》が、ドキドキする。

そんなことをいわれたのは初めてで、かえでは声も出なかった。

おばあちゃんは、予言者《よげんしゃ》みたいだ。

「その子は、かえでと友だちになりたいんだね」といった言葉が、現実《げんじつ》になった。

かぁっと体が熱くなり、どうしようとうろたえた。

「あの、わたし……」

「そろそろ、寝《ね》よっか」

「え？」

美咲は、さっさと自分の寝袋《ねぶくろ》に移動《いどう》した。

かえでにとっては重大な出来事だけど、美咲にとってはたいしたことではなかったみたい。

「いびきをかいたら、ごめんね」

そういって、ごそごそと寝袋にもぐり込《こ》んだ。

やがて消灯になり、真っ暗な部屋の中、寝息《ねいき》が増《ふ》えていった。

美咲のか誰《だれ》のかわからないけれど、すごいいびきで眠《ねむ》れない。体は疲《つか》れているはずなのに、かえでの頭はさえていた。

生きていると、いろんなことがある。

昨日とはまったく違《ちが》う、今日もある。

かえでを縛《しば》りつけていた、いろんなものが、はがれ落ちていくようだった。一枚《まい》はがれるたびに、自由になれる気がする。

雨は、どうなっているだろう。

せっかく、ここまで来たのに……。

「悪いことばかり考えたって、仕方ないじゃないか。かえでは、大丈夫《だいじょうぶ》だよ」

おばあちゃんの声が聞こえてきて、いつの間にか、かえでも眠《ねむ》りについていった。


男性《だんせい》の部屋は、女性の部屋より、もっと過酷《かこく》だった。

ぐお～という、獣《けもの》のようないびき。すっぱいような、汗《あせ》の匂《にお》い。

湊は、起き上がって廊下《ろうか》に出た。

寝《ね》たら少しはマシになるかと思ったのに、ますます気持ち悪くなって、頭まで痛《いた》くなってきた気がする。

はぁっとため息をついて、女性の部屋のほうを見たけれど、かえでだってもう寝ただろう。

「うっ」と口を押《お》さえて廊下《ろうか》でうずくまっていると、「大丈夫か？」と、頭の上から声がふってきた。

しゃがみこんで、顔をのぞきこまれる。

「和樹くん……」

「これ、使う？」

スプレー缶《かん》のようなものを差し出された。

「これって……」

「酸素《さんそ》の缶詰《かんづめ》みたいなやつ。木島さんに気持ちが悪いっていったら、高山病《こうざんびょう》だろうって。人によっては、酸素が薄《うす》いせいで気持ち悪くなったり、頭が痛《いた》くなったりするんだって。これを吸《す》ったら、かなり楽になったよ」

酸素の缶詰って……何それ？

湊は、恐《おそ》る恐《おそ》る使ってみた。シューッと出して、すーっと吸う。

うーん？　よくわからないけど、ちょっと気持ちいいような。

シュー、すー。

シュー、すー。

繰《く》り返《かえ》しているうちに、体が軽くなるような気がした。

「これ、浮《う》かぶ風船に入れるやつじゃない？」

「……違《ちが》うし！　湊、バッカだなぁ」

和樹に大笑いされたけど、不思議と嫌《いや》な感じはしなかった。

同じ「バカ」でも、嫌な感じがしないこともあるなんて大発見だ。

「うん、すごい！　すっきりした！」

「ってかさー、おまえ、もっと早く木島さんにいえばよかったじゃん」

「……そうだけど」

湊は座《すわ》り込《こ》むと、膝《ひざ》と膝の間に頭を突《つ》っ込《こ》んだ。

「ぼく、いつもみんなに迷惑《めいわく》かけてるから……。今日くらい、ちゃんとしたかったんだ」

遠足や社会科見学に行くと、湊は必ずトラブルを起こした。ついよけいなことに夢中《むちゅう》になって、みんなとはぐれたり、迷子《まいご》になったりしてしまう。

「あー、迷惑をかけたくないって気持ちは、わかるな」

和樹が、湊の隣《となり》に座る。

「気持ちはわかるけど、オレは我慢《がまん》できない。我慢しても、相手に伝わんなくちゃ意味ないし」

薄暗《うすぐら》い廊下《ろうか》に、和樹のケケケという笑い声が響《ひび》いた。

「だいたい、湊は頭がよすぎるんだよ」

「和樹くん、いってることが、さっきと違《ちが》う」

湊は、くぐもった声で憮然《ぶぜん》とした。

バカといわれたことは何度もあるけれど、頭がいいなんていわれたことはない。

「頭のよさって、何も勉強ばかりじゃないんだぜ。湊は頭がいいから、人の気持ちを考えたり、先の予想をしたりしちゃうんだ」

「……そうかな」

「そうさ。でも、無理すんなよ。うちの母ちゃんがいってたぜ。今は無理しなくても、そのうち、恩返《おんがえ》しできるチャンスは来るからって。まぁ、湊の場合、もう恩返しできてると思うけど。おまえに癒《い》やされてるってやつ、けっこう知ってるし」

「本当？」

湊はうれしくなって、かすかに微笑《ほほえ》んだ。

「まぁ、そうはいっても、たまに不安になるよな」

「うん。これから、どうなるのかなぁって……」

それは、霧《きり》の中をさまよって、先が見えないような不安だ。

同じように生まれたのに、どこかがちょっと、人と違《ちが》う。

それでも、同じように生きていきたい。

誰《だれ》かを大切にし、大切にされて、幸せになりたい。

今も、大人になっても、ずっと……。

「なぁ、オレたち、とりあえず寝《ね》たほうがいいんじゃね？」

和樹がいう。

「でも、あそこに戻《もど》る気になれないなぁ」

湊は、廊下《ろうか》まで聞こえてくる「ぐおーっ」といういびきに、ため息をついた。

「もう、寝る場所もないかもな」

和樹もうなずいて、二人とも立ち上がろうとしなかった。

激《はげ》しい雨音が響《ひび》く廊下で、二人は身を寄《よ》せ合《あ》った。互《たが》いの温《ぬく》もりが、いったりきたりして心《ここ》地《ち》いい。

やがて、疲《つか》れていることを思い出したように、ことんと眠《ねむ》りに落ちていった。


「……湊、湊ってば！」

かえでは、湊の体をゆすった。

時間になって、トイレに行こうとしたら、廊下で寝ている二人を見つけた。

「あれぇ、かえでちゃん……」

寝ぼけている湊は、まだ半分眠っている。

「やだぁ、こんなところで寝《ね》てるなんて！」

美咲も和樹の寝顔を見て、笑いをこらえている。

「どうして、廊下《ろうか》で寝ているの？　もう時間だよ」

「え！」

湊がぱちりと目を覚まし、和樹の肩《かた》をゆすった。

「和樹くん、もう出発だって！」

「でもさぁ、雨、降《ふ》ってるし……」

だるそうに、大あくびをしている。

「雨でも、山頂《さんちょう》までは行くんだって。その前に、表に出てみようって、聡くんが。かなり寒いから、たくさん着たほうがいいよ」

出発は12時だったけれど、かえでたちは11時に起きて、星の観察をすることにしていた。

かえで、湊、和樹、美咲は、こっそりと山小屋を抜《ぬ》け出《だ》した。

夜中でも早朝でも、登山者はあとを絶《た》たない。だから、山小屋に出入りする人は、時間を問わずひっきりなしだった。

玄関《げんかん》で靴《くつ》を履《は》こうとしたとき、かえでは雨の音がしていないことに気がついた。

もしかして、やんだ？

心臓《しんぞう》の鼓動《こどう》が、速くなる。
靴を履《は》くのももどかしく、走って外へ飛び出した。
ふわりと、白い息が、ゆっくりとのぼる。
「う……わぁ」
口を開けたまま、後ろにひっくりかえりそうなほど、空をあおいだ。
星、星、星……。
星に、飲みこまれる。
何千、何万、何億という星たちが、降《ふ》ってきそう。
じわりと、涙《なみだ》がこみあげてきた。
なんて、すごいんだろう。
圧倒的《あっとうてき》な自然の存在感《そんざいかん》。
後から出てきた誰《だれ》もが、声をうばわれて、夜空を見上げた。
かえでは美しいと思いながら、一方で、怖《こわ》いとも思った。
人のどんな力も太刀打《たちう》ちできない。
宇宙《うちゅう》の神秘《しんぴ》、大きな力。
広くて、広くて、広すぎる。

地球は、その中の、ちっぽけな存在《そんざい》にすぎないのだ。

暗さに目が慣《な》れてくると、見える星の数がどんどん増《ふ》えていって、宇宙に吸《す》い込《こ》まれそうだった。

「おい、こっち」

聡が、小さな声でかえでたちを呼《よ》んだ。山小屋の前は、ちょっとした平地になっている。そこで聡が、山小屋で借りた望遠鏡をセットしていた。

「湊、すげぇよ！　見えるか？　天《あま》の川《がわ》も星雲も見える。肉眼《にくがん》でだぞ！」

聡が興奮《こうふん》して、声を響《ひび》かせる。

夜空に星座早見盤《せいざはやみばん》をかざしながら、「あれがやぎ座《ざ》で、あっちがこと座で、夏の大三角形は……」と、指をさしはじめた。

ここは、標高３２００メートル。

山頂《さんちょう》ではないけれど、かなりてっぺんに近い高さだ。

「火星は……」

かえでは、大接近《だいせっきん》しているはずの火星を探《さが》した。こんなにたくさん星が見えては、かえって探しづらい。

「あれだ！」

聡が、まっすぐに指さす。
その先に、赤く輝《かがや》く星が見えた。
「あれが……」
目をこらすと、火星がぐんっと近づいてくるようだった。
「望遠鏡で見てみな。肉眼《にくがん》より、ずっとよく見えるよ」
聡は、火星にピントを合わせた。
かえでは息を整えて、望遠鏡をのぞき込《こ》んだ。
赤い星が、ぼんやりと揺《ゆ》れている。
でも次の瞬間《しゅんかん》、まるでかえでに応《こた》えるように、その姿《すがた》をくっきりと現《あらわ》した。
表面に、うっすらと模様《もよう》まで見える。
すごい……。
ああ、やっぱりなつかしい気がする。
もしかして、わたしは本当に火星人？
かぐや姫《ひめ》が月に帰ったように、わたしもいつか、火星に帰る日がくるのだろうか……。
いや、人は、みんな宇宙《うちゅう》から生まれてきたのかもしれない。
知りたい。

いろんなことを。宇宙《うちゅう》のことを。もっと……。

火星に向かって、かえでは思わず手を伸《の》ばした。

美咲が、引《ひ》き留《と》めるようにかえでの腕《うで》をつかんだ。

「水野さん……」

「火星人なんていって、ごめんね」

「……ううん」

首をふりながら、かえでは「友だちになりたい」といわれたことを思い出した。

「友だちになってあげても、いいよ」

するとで美咲は、くくくっと笑って、「それはどーも！」といった。

「こんな星空が見られるなんて、オレたち、超《ちょう》ラッキーだよな！」

和樹は意味もなく飛《と》び跳《は》ねながら、興奮《こうふん》していた。

小さいころから、感情《かんじょう》が高ぶると、体が勝手に動いていた。そのたびに落ち着きがないとしかられていたけれど、それって案外、ふつうのことなんじゃないかと和樹は思う。わくわくして、うれしくて、飛び跳ねる。他人から見たら奇妙《きみょう》に見えるかもしれないけれど、今だけは、思い切り喜びを表現《ひょうげん》したかった。

かえで、湊、美咲、和樹、聡は、交代で、ベガ、アルタイル、月なんかも見た。ごつごつした月の表面には、はっきりとクレーターが見えて、実際《じっさい》に目にすると胸《むね》に迫《せま》ってくるような感動がある。

帰ったら、お父さんとお母さんに教えてあげようと、かえでは思った。

「では、出発します」

星空の下、木島を先頭に一行は出発した。

そして、登山ルートを見たかえでたちは絶句《ぜっく》した。それは不思議な光景だった。山に星が落ちてきたのかと思うほど、きらきらした光が、曲がりくねった道に沿《そ》って続いている。

「これ……」

「登山者のライトですよ」

ヘッドランプをつけた木島が、明かりの下でにこりと笑う。山には明かりなんてないから、登山者がそれぞれ、懐中電灯《かいちゅうでんとう》やヘッドランプをつけて登る。その明かりが、道のように山頂《さんちょう》まで続いていた。

かえでも懐中電灯を持っていたけれど、聡のヘッドランプのおかげで、必要がないくらい道が明るく照らされていた。

「みんな、そんなにご来光《らいこう》が見たいのかよ」

自分もそのうちの一人のくせに、和樹が文句《もんく》をいう。

それにしても、人が多すぎる。山小屋に着いたとき見上げたら、山頂《さんちょう》までもうすぐだと思ったのに、人で渋滞《じゅうたい》してゆっくりとしか進めない。

中には不届《ふとど》き者《もの》がいて、ルートじゃないところを無理やり登ろうとした。すると、「落石して人にぶつかるから、やめてください！」と、あちこちから声がかかり、その人はすごすごとルートに戻《もど》った。石や岩がごろごろしているから、小さな落石が、大きな事故《じこ》につながりかねない。

登っていくうちに、渋滞の原因《げんいん》がわかった気がした。山頂付近なだけあって、足元が険《けわ》しい。道幅《みちはば》が狭《せま》くて、一人ずつしか登れないところもあり、どんどん混《こ》んでしまっていた。

九合目付近に来ると突風《とっぷう》が吹《ふ》いてきて、持っているものすべてを着込《きこ》んだ。とても真夏とは思えないけれど、ここは標高３６００メートルなのだ。吐《は》く息は白く、凍《こご》えそうなほど寒かった。

ふと気がつくと、真っ暗だった空が、しらじらと明るくなってきた。眼下《がんか》に広がる雲海《うんかい》も見える。厚《あつ》い雲が、海の波のようにうねっていた。

見たこともないような世界に、胸《むね》がいっぱいになる。

九合目の鳥居《とりい》が見えた。

その間にも、空はどんどん白みはじめていた。山頂《さんちょう》の到着予定《とうちゃくよてい》は4時。遅《おく》れると、日の出に間に合わなくなるかもしれない。混んでいる時期は、登山の途中《とちゅう》で日の出を見ることになるパターンも、よくあることだと木島はいった。

「くそっ、せっかくここまで来て、それはないだろ」

「山頂から、日の出を見たいよね」

和樹と美咲がいって、かえでと湊もうなずいた。でも、前がつまっているのだから、こればかりはがんばりようがない。

「がんばっても、どうにもならないこともあるんだって、富士山が教えてくれてるんだなぁ」

聡が、しみじみといっている。

「そんなことといってる場合じゃないでしょ！」

美咲にしかられて、聡は「ちぇっ」とすねた。

いよいよ、最後の登りだ。

斜面《しゃめん》はきついし、岩だらけの足元も危《あや》うい。みんな、ゆっくり、慎重《しんちょう》に登った。行く先にある久須志神社《くすしじんじゃ》の鳥居《とりい》が、ゴールゲートのように見える。

それをくぐって、とうとう山頂に着いた。

時刻《じこく》は、4時32分。

日の出の予定時刻《よていじこく》に間に合った。

先に着いていた人たちが、同じ方向を見ているので、かえでたちもそれに倣《なら》った。

動いているときはそこまでではなかったけれど、じっとしていると、寒くて体がガタガタとふるえてくる。

「寒い……」

みんな思いは同じようで、かえで、湊、美咲、和樹、聡は、ぴたりと身を寄《よ》せ合《あ》った。誰《だれ》がいいだすともなく、手袋《てぶくろ》をはめた手をつなぐ。

刻々《こっこく》と変わっていく空は、水の中に絵の具を垂《た》らしたように、いろんな色がゆるりと混《ま》ざり合《あ》っていた。

一瞬《いっしゅん》、空気がぴんっと張《は》り詰《つ》め、人々が固唾《かたず》をのんだ。

雲海《うんかい》の一点が、強く光った。

光の帯が、左右にすっと伸《の》びていく。

ゆらゆらと揺《ゆ》れる太陽が、ゆっくりとのぼってきた。

あらゆる動き、時間が止まる。

「おおっ」というどよめきが、空気をふるわせた。

握《にぎ》り合《あ》っていた手に、ぐっと力がこもる。

自然と涙《なみだ》がこぼれおち、その圧倒的《あっとうてき》な存在感《そんざいかん》に、こうべを垂れる者もいた。

陽《ひ》の光を全身で受け止めて、その温かさにじんわりと包みこまれる。

地球に命があるのは、太陽のおかげなのだ……。

人々を、富士山を、すべてを赤く染《そ》め上《あ》げていく。

誰《だれ》もが、生きていることに感謝《かんしゃ》した。


すっかり太陽がのぼって、山頂《さんちょう》ににぎわいが戻《もど》った。

こんなところにも、お土産屋《みやげや》があることに驚《おどろ》く。

聡はとん汁《じる》を注文して、両手で包みこんだ。

ふぅっと、息をつく。登るのは大変だったけれど、来てよかったと心から思った。これも、湊のおかげだ。

そのとき、キンコロカラン、キンコロカランという、スマホの着信音が鳴って、びくっとした。

ウソだろ？　ここ、富士山の山頂だぜ？

おっかなびっくり、通話ボタンを押《お》す。

『ご来光《らいこう》、見れた？』

「は、榛名⁉」

受話口から、榛名の声が聞こえてきて驚いた。アンテナを見ると、しっかりと立っている。

『知らないの？　富士山の山頂《さんちょう》にも、電波は飛んでるんだよ』

当たり前のようにいわれて、文明の進化はすごいなと思いつつ、「お、おう、知ってるに決まってんだろ」と、うそぶいた。

『で、ご来光《らいこう》は？』

「見れたよ。日頃《ひごろ》の行いがいいからな」

ぶっきらぼうにいうと、榛名はくふふと笑った。

『なぁんだ。途中《とちゅう》でリタイアしてるんじゃないかと思ったのに』

「なんだよ、それ！　星もばっちり見えたからな！　うらやましいだろ！」

『え～、いいなぁ。やっぱり、わたしも行きたかったぁ！』

榛名が本気でうらやましがるから、聡はからかうのをやめた。

『倉沢って、思っていたよりも運がいいんだね』

「え？　思っていたよりって……」

どういう意味だ？

『この間、つきあってるのかって、からかわれたでしょう？　あのとき、こんな……』

「え？　何？　……もしもし⁉」

なぜか、いきなり電波が悪くなった。見回すと、電話をしている人がたくさんいる。

なんだよ、くそっ、こんなときに！

聡はムキになって、「もしもしっ」といい続けた。

『……って、思ったんだよね』

「はぁ？　何？　もう一回！　頼《たの》む！」

聡は、スマホを耳に押《お》し当《あ》てて叫《さけ》んだ。

「ずっと考えてたんだ。『こんな』の後に続く言葉って、『こんなろくでなし』とか『こんなアホ』とか……。とりあえず、いいことじゃなさそうだけど、やっぱり知りたいんだ！」

少し間が空いて、また電波が届《とど》かなくなったのかと焦《あせ》った。でも、違《ちが》った。榛名が、電話の向こうで笑いをこらえているだけだった。

『相変わらず、気が小さいねぇ……。うん、小さい！』

榛名の言葉が、ぐさりと突《つ》き刺《さ》さる。

いや、傷《きず》ついている場合じゃない。

「ご来光《らいこう》を見ながら、こんな自分じゃいけないんじゃないかって、反省したんだよ。できることなら、改めようかと……」

神妙《しんみょう》にいう聡に、とうとう榛名は笑い出した。

『たしかに、〝こんなアホ〟っていうのが合っているけどさ。わたしは、〝こんな運の悪いやつ！〟っていおうとしたの』

「運の……悪い？」

『そう。だって、受験当日に熱を出すなんて、運が悪い以外のなにものでもないでしょう？』

「……そっか。たしかに。でも運ばっかりは、オレにもどうしようもないし……」

真剣《しんけん》に悩《なや》み出《だ》す聡に、榛名はますます笑った。

『でも、違《ちが》ったみたい。星空は見えたし、ご来光《らいこう》も見れたんでしょ？　やっぱり、倉沢は運がいいよ。それに……わたしにとっても、運が、よかった』

「へっ？」

『……あんたが落ちて、天文部に入ってくれて、わたしはラッキーだったたっていってるの！』

聡は、目をぱちくりした。思考がついていかない。

思わず、スマホを落としそうになる。

「……マジか……」

聡は目をうろうろさせて、スマホに向かって頭を下げた。

太陽がのぼって、一気に温度が上がっていくと、日向《ひなた》ぼっこをしているように気持ちよかった。太陽の温かさをこんなにありがたく感じたことはない。

日本一高い場所に、同級生の四人が集まっている。

不思議な気分で、互《たが》いを見つめた。

「なぁ、ご来光《らいこう》を見たとき、なんかお願いごとした？」

和樹が、かえで、湊、美咲に聞いた。

「オレはさ、母ちゃんを泣かせないようにするって、誓《ちか》った」

「へぇ、偉《えら》いじゃん」

美咲が、ふふっと笑う。

「お願いじゃなくて、誓いってところが」

「だって、こんなにたくさんいたら、神様も願いなんてかなえてられないだろ」

和樹のいうとおり、山頂《さんちょう》とは思えないほど人が大勢《おおぜい》いる。

「ぼくは、これからも、たくさん助けてもらえますようにって頼《たの》んだんだぁ」

湊が、うれしそうに笑った。

「わたしは、好きな人と両想《りょうおも》いになれますようにってお願いした！」

美咲が、ちらっと和樹を見る。

「で、水野は？」

和樹が聞いて、湊と美咲もかえでを見つめた。

「わたしは……」

かえでは困《こま》った。本当のことをいうと、感動して、お願いなんてしていなかった。

「わたし、おばあちゃんにハガキを出すから」

そういって、かえではみんなから離《はな》れた。

お土産屋《みやげや》さんでハガキを買って、手紙を書ける場所を探《さが》す。

山頂《さんちょう》にポストがあって、郵便《ゆうびん》が出せるというのを事前に調べておいた。

富士山に登りたかったと、おばあちゃんはいっていた。

だから代わりにわたしが登って、『富士山頂』の印が押《お》されたハガキを出そうと思いついた。

岩のベンチに座《すわ》る。

宇宙《うちゅう》へと続く、まぶしいほど真《ま》っ青《さお》な空を見上げた。

何を書こうか……。

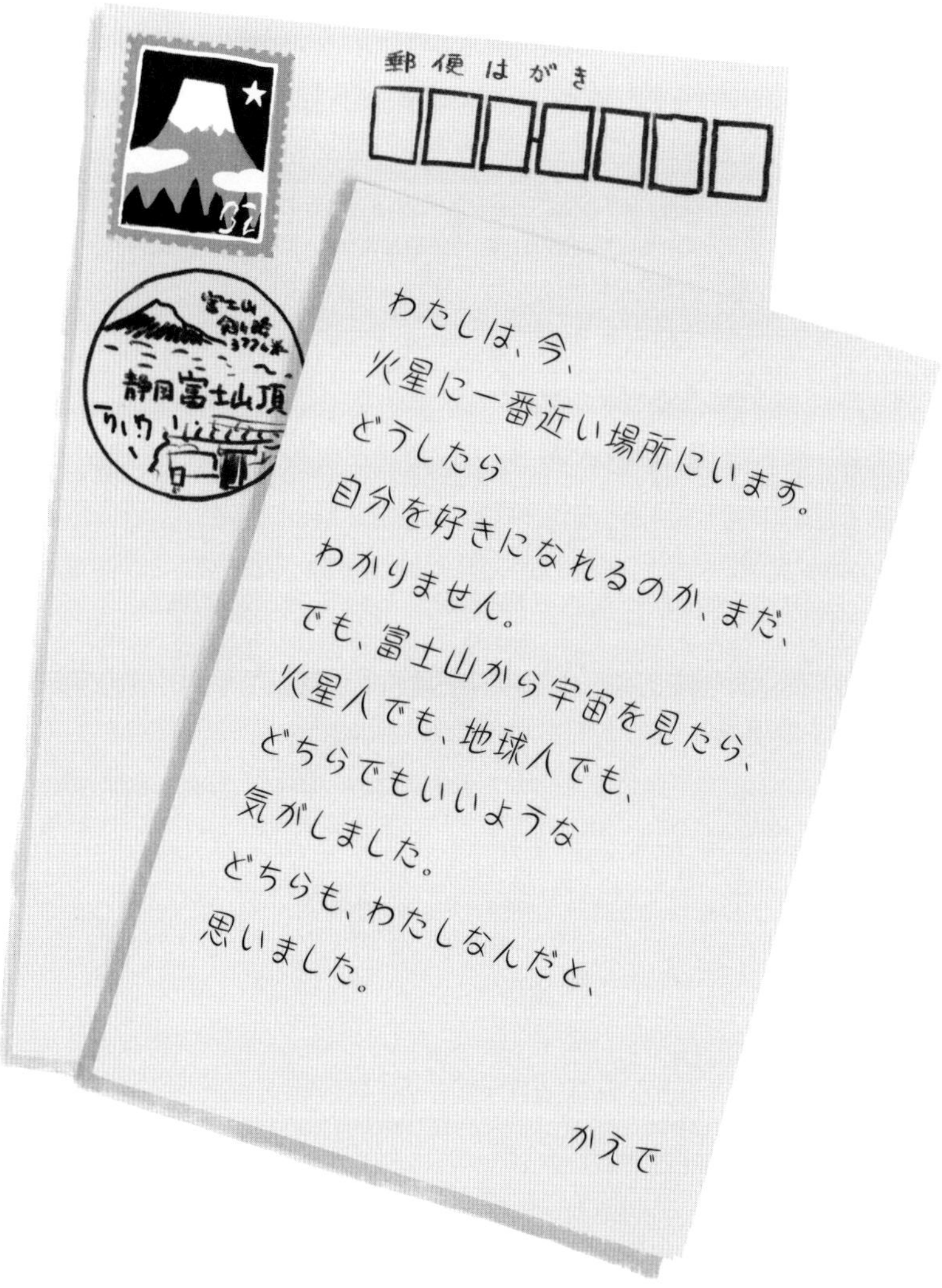
郵便はがき
静岡富士山頂
わたしは、今、
火星に一番近い場所にいます。
どうしたら
自分を好きになれるのか、まだ、
わかりません。
でも、富士山から宇宙を見たら、
火星人でも、地球人でも、
どちらでもいいような
気がしました。
どちらも、わたしなんだと、
思いました。
かえで

工藤純子（くどう　じゅんこ）

東京都生まれ。2017年、『セカイの空がみえるまち』（講談社）で第3回児童ペン賞少年小説賞を受賞。おもな作品に、「恋する和パティシエール」シリーズ、「ピンポンはねる」シリーズ、『モーグルビート！』『モーグルビート！　再会』（以上、ポプラ社）、「ミラクル☆キッチン」シリーズ（そうえん社）、『ぐるぐるの図書室』（共著、講談社）などがある。
日本児童文学者協会会員。全国児童文学同人誌連絡会「季節風」同人。

講談社❖文学の扉
となりの火《か》星《せい》人《じん》

2018年2月6日　第1刷発行
2020年7月20日　第5刷発行

著者……………………工《く》藤《どう》純《じゅん》子《こ》
発行者………………渡瀬昌彦
発行所………………株式会社講談社
〒112-8001
東京都文京区音羽2-12-21
電話　編集　03-5395-3535
販売　03-5395-3625
業務　03-5395-3615
印刷所………………株式会社精興社
製本所………………株式会社若林製本工場
本文データ制作……講談社デジタル製作

N.D.C. 913　223p　20cm　ISBN978-4-06-283249-6

本書は、書きおろしです。